ARAZ

Aşka, Rüzgâra, Ayrılığa, Zamana

Kahraman Tazeoğlu

DESTEK
yayınları

DESTEK MEDYA GRUBU

DESTEK YAYINLARI: 941
EDEBİYAT: 279

KAHRAMAN TAZEOĞLU / ARAZ

Genel Yayın Yönetmeni: Ertürk Akşun
Editör: Aliye Özdoğan
Kapak ve Sayfa Tasarımı: İlknur Muştu
Sosyal Medya Yöneticisi – Menajer: Zeynep Demirkaya

Destek Yayınları: Nisan 2018
Yayıncı Sertifika No. 13226

ISBN 978-605-311-411-6

Abdi İpekçi Caddesi No. 31/5 Nişantaşı/İstanbul
Tel. (0) 212 252 22 42
Faks: (0) 212 252 22 43
www.destekdukkan.com
info@destekyayinlari.com
facebook.com/DestekYayinevi
twitter.com/destekyayinlari
instagram.com/destekyayinlari
www.destekmedyagrubu.com

facebook.com/kahramantazeoglu
mail: sayfa.admeni@gmail.com

Deniz Ofset – Nazlı Koçak
Sertifika No. 40200
Maltepe Mah. Gümüşsuyu Cad.
Odin İş Mrk. B Blok No. 403/2
Zeytinburnu / İstanbul

DESTEK yayınları KARAKARGA BEYAZ BAYKUŞ genç DESTEK

ARAZ

Aşka, Rüzgâra, Ayrılığa, Zamana

Kahraman Tazeoğlu'ndan

DESTEK
yayınları

Önsöz

İlk kez 2002 yılında şiiri yazdığım bu kitap, hikâyesinin çok merak edilmesi sebebiyle 2005 yılında roman haline geldi. Ve o gün bugündür durmaksızın basılıyor. Benim için de çok özel bir kitap olan Araz, her zaman merak edilmiş, ilgiyle okunmuş, her okuyanı ağlatmış, gerçek bir hikâyedir. En çok satan kitaplarımın arasında yer alan bu kitabımı benden çok, okuyucularım; yani sizler sahiplendiniz. O kadar çok sevdiniz ki Araz'ı, yıllarca çıktığım sahnelerde hikâyesini anlatmama, şiirini okumama vesile oldunuz. Hatta bazılarınız çocuklarına Araz ismini verdi.

İstedim ki sizleri bu kadar derinden etkileyen ve kütüphanenizde ayrı bir yeri olan bu kitabın, daha özel bir baskısı elinizde olsun. Özellikle, arşiv değeri taşıması ve yıllarca yıpranmadan saklanabilmesi gayesiyle, ciltli özel basımını sizler için tasarladık. Umarım, bu haliyle sınırlı sayıda basılacak olan Araz, evinizdeki ve kalbinizdeki yerini alır. Araz'ca kalın.

Kahraman Tazeoğlu

Sana...

-1-

Yalnızım, çünkü sen varsın...

Beni bir gün yakalayacağını bildiğim gerçekten kaçmak ne kadar trajik. Öleceğini bilip, hiç ölmeyecekmiş gibi yaşamak... Ölüm hep aklındayken nasıl yaşar ki insan? Ayrılıkların da ölüme benzeyen bir yanı var. Birazdan ölüme benzeyen bir şey yaşayacaktık. Yolların tükendiği noktaya gelmiştik. Yan yana ama iki yabancı gibi yürüyorduk. Adımlarımız savruk, yürüyüşümüz tutuktu. Arada bir omuzlarımız birbirine değiyordu. Ellerim cebimdeydi. Bana ayrılmamız gerektiğini söyleyeli yaklaşık beş dakika olmuştu. Benim için uzun, onun içinse çok kısa bir yoldu yürüdüğümüz. Benim adımlarım yolu bitirmek istercesine hızlıyken, onun adımları adeta geri geri gidiyordu. Birlikte yürümek zorunda olduğumuz mesafenin bir an önce bitmesini istiyordum. O ise yolu daha da uzatmanın türlü zahmetlerine giriyordu. Keşke yaşamak zorunda olduğum şu anın sadece sonunu görseydim. Onu bir taksiye bindirip, kapısını kapattığım an... Yani son uğurlama. Ama birazdan anılarımızla dolu koruluktan geçerek, hep gülerek yürüdüğümüz yolu kat edecektik. Son kez yürüyeceğimizi aklımızın ucundan bile geçirmediğimiz bu yol acıtacaktı bizi. Bu ânı yaşamak istemiyordum. Gözümü açıp kapatayım ve o istemediğim dakikalar bitmiş olsun istiyordum. Ondan daha güçlü görünüyordum. Yol ile mücadeleye vermiştim kendimi. O ise omuzları çökük, gözünde saklamak zorunda olduğu yaşlarla, arada bir yüzüme bakarak yürüyordu son kez gittiğimiz yolda. Gözlerine hiç bakmadım; bakamadım... Aramızda giderek kalınlaşan bir sessizlik duruyordu. İçinde araba kornalarını ve şehrin tüm seslerini saklayan, için için ağlayan bir sessizlik. Bu yolun sonuna varabilecek miydim?..

Son sözü "hoşçakal" oldu ve gitti... Bir trafik lambasının altında öylece durdum. Ardından bakmadım. Ağlamadım. Bir boşluğa düşer gibi oldum sadece. Hepsi bu... Şehirde akşam telaşı yaşanıyordu. Trafik hızla akıp giderken, ışıklı neon lambalarının altından dalgın bir şekilde yürüdüm. Köşedeki dilenciye bende kalan son hatırasını; cüzdanımdaki fotoğrafını verdim. Zavallı kadın ne olduğunu anlayana kadar çoktan uzaklaşmıştım oradan. Acaba bindiği takside yüzünü saklayarak ağlıyor mudur şimdi?.. "Giden" olmasına rağmen, asıl terk edenin ben olduğunu bilerek yaşayacak artık. Kendisiyle hiç uzlaşamayacak bu yüzden… Bir aynadaki sen aracılığıyla diğer bir aynadaki "sen"e bakarken, aynalardan birine yaklaşırken ötekinden uzaklaşırsın ya hep "görebilmek" için... İşte öylesi bir uzlaşamayıştır bu. Bir küçük, bir büyük ayna yaratır böylesi bir cehennemi. İki suretini uzlaştıramazsın birbiriyle. Bir açıdan kendini görebilmen, diğer bir açıdan kendini yitirmene bağlıdır. "Görebilme"nin bedelidir bu. Suretler birbirlerini yiyerek yaşayabilir böylece...

Ama o, kendini bulabilmek için beni kaybetmeyi seçtiği halde kendini de kaybedecek koskoca bir hiçlikte.

Başkalarını sonsuzluğa uğurlarken, bir yanımızı da gönderiyoruz onlarla. Sonraları kendimizin olacak bir kendimiz kalmıyor geriye, bize... O, bunu zamanla öğrenecek, biliyorum. Zamanla benim de beynimde silikleşecek sureti. Dilenci kadının insafına bırakılmış bir fotoğraf kalacak ondan geriye. Kaderinin ne olduğunu hiç bilemediğim...

Böyle zamanlarda uzak kentlere gidip, hiç bilmediğim kıyılarda dolaşmak isterim. Şiir yazmak ve sadece kendime okumak... Beni bana yalnızca ben anlatabilirim. Gizlediğim, maskelediğim yüzümün arkasındaki gerçeği sadece ben biliyorum çünkü... O gerçek ki en korktuğum, yüzleşmeyi hep ertelediğim… bana ait olan... Kışı aldatarak erken inen baharların olduğu bir kent var mıdır acaba?

Birden o uzak sahil kasabası geliyor aklıma. Oraya gitmek ne iyi gelirdi şimdi. On yedi yaşımın sahil vurgunu aşkına. Ağlamaktan ve yanmaktan utanmadığım devrik aşka... Araz'ıma...

Bir ara sokakta yürürken bunları düşünüyorum ki, yürümek düşünmektir biraz da.

Her gece sahili el ele dolaşır, yıldızları sığınak yapardık karanlığımıza. Kent hikayeleri uydururduk birbirimize. Büyük şehirlere gitmenin özlemi vardı içimizde. Kısa hayatlara uzun cümleler kurardık. Bir keresinde yüzüme gülümseyerek bakıp, "Batı cephesinden sesler geliyor mu hâlâ evlat!.." demişti. Ona anlattığım bir hikayeden, unutmadığı tek replikti bu.

O sahil kentinde, kim bilir şaşırmadan sayabildiğimiz kaç martıyı gömmüştük geçmişimize?.

Gündüzleri, şimdi adını bir türlü hatırlayamadığım o eski şarkıyı söylerdi hep. "...çıplak ayakların kumlar üzerinde izleri olmayınca..." Koynunda sakladığı balıkları martılara çaldıran deniz, ayaklarımızı yıkardı her gün doğumunda. Beyaz elbisesi ile başakların savrulduğu tarladan tepeye doğru koşarken hatırlıyorum onu. Dursa sanki başaklar kuruyacaktı. Ben tepede onu bekliyordum. Bir melek gibi süzülüyordu tepeye gelirken. Ona bakmak bir hayatı unutmaktı; unutulmuşken hayatın bir yerlerinde...

O sahil kasabası ve rüzgârtepesi asıl yüzümüz oluyordu hep. Utangaç rüzgârlar sessizliğimizin üstünden geçiyordu.

Çimenlere uzanıp gökyüzünü seyre dalıyorduk akşamları. O günü hiç unutmuyorum. Karşımda durup, "Meğer ne çok sevmişim seni!" dedi ve başını öne eğdi. Ayağa kalktım ve ona doğru yaklaştım. Titreyen çenesine dokunarak başını yukarı doğru kaldırdım. Yüzüme yalvarır gibi bakıyordu. İri, siyah gözleri buğuluydu. Yanaklarındaki yaşları ellerimle sildim. Rüzgâr uzun, siyah saçlarını yüzüne doğru savururken, birkaç saç teli yüzündeki ıslaklığa yapıştı.

"Ne oldu Araz'ım?" dedim. "Biliyor musun" dedi, "Seni ne kadar çok sevdiğimi biri seni sevince anlayacaksın..." İçimi yakan buğulu sesiyle devam etti. "Bir gün gidersen, beni 'kaldığına' inandırarak git. Ben ancak, gitmediğine inanarak yaşayabilirim. Çünkü seni beklemek için, önce gittiğine inanmam gerek..."

"Bunları nereden çıkarıyorsun şimdi?" dedim. " Acıyan yanlarıma iyi gelen her şeysin sen. Nasıl giderim?.."

Ellerini tuttum. Tepenin sonundaki küçük uçuruma doğru koşmaya başladık. Koşarken "Bu gemi nereye gidiyor ustaa!" diye bağırıyordu. En sevdiğimiz oyundu bu. O küçük uçurumun kenarına kadar koşup, tam ucunda durmak... Durduk ve rüzgârın uğultusu kulaklarımızda yankılanırken birbirimizin yüzüne baktık. Büyüyorduk ve ne zaman bir vapur düdüğü duysak kimsesizlik çöküyordu içimize. "Bir gün el ele ölebilecek miyiz?" dedi.

İstanbul giderek tenhalaşırken, büyük parkın yanından geçip, eve doğru yürüdüm. Neden hep birinden ayrıldığımda aklıma gelirdi Araz? Bana onu hatırlatan şey neden hep "ayrılık" oluyordu? Ve neden birinden ayrıldığımda hep onu görebilmek arzusu yerleşiyordu içime? Sanki birazdan yan sokağın köşesinden karşıma çıkacakmış gibi geliyordu. Oysa o şimdi çok uzaklarda bir yerlerdeydi. Yüzü yine insanın aklını başından alacak kadar güzel kalmış mıdır acaba? Yoksa yıllar acımasız oyununu ona da mı oynadı? Baktığım her yüzde onu aradım. Başkalarında hep onu sevdim. Ve her defasında ona benzemedikleri için hayatıma giren herkesi terk ettim. Aslında bunca terk ettiğim hep Araz'dı belki... Meğer ne çok terk etmişim onu; ne çok severken...

Sevdiğim bütün yüzleri üst üste koyduğumda bile onun yüzü kadar güzel bir şey çıkmıyordu ortaya. Akşamlar, onun ellerine benzeyen bir hüzünle geliyordu kentime ve ben biriktirdiğim geceleri yalancı gündüzlere sarıp saklamaya çalışıyordum hep.

Geceler hiç gecikmiyor bu kentte. Geceler siyah bir üşümek oluyor. "Yalnızız. İkimizin de sıcağı öksüz artık! Hayatı yaşanır kılmak adına, yalancı süslerle bezemeye çalışıyoruz. Yarınlara ikinci el mutluluklar ısmarlıyor, her yarını dün ettiğimizde koca bir hiçle uyanıyoruz. Olmadık insanlarla üç kuruşluk sohbetlere oturuyor, tebessüm bile etmeyeceğimiz şeylere kahkahalar atıyoruz. Ama merhametimizin adı zaman... Tutkal kıvamında susuşları, yalnızlığın keskin tineriyle inceltip, kendi kendimize mırıldanmalara çevirdiğimizde, dudaklarımızdan dökülen yalnızca 'Ne yaptım?' Belirsiz bir zamire sürüldük... Aşkın hiçbir eylemi çekilmez bu zamirle!"

Eve ne zaman geldim ve yazı masama ne zaman oturdum bilmiyorum. Ellerim hızla klavyenin üzerinde dans ederken buldum kendimi. Kafamı kaldırıp bakmıyorum bile bilgisayarımın monitörüne. Ne yazdığımı görmek istemiyorum. Sadece yazıyorum. Deli gibi yazıyorum. Yazdıklarımın ne olduğunu bilmeden yazıyorum. Araz'a mı yoksa fotoğrafını bir dilenciye verdiğim kıza mı yazdığımı bilmeden yazıyorum. Çok uzun zamandır böylesine melankolik bir havayla yazmamıştım.

Bir an durup kendimi sorgulamaya başlıyorum. İçimde birikenlerin dışarı çıkması için bana neden hüzün gerekiyor? Neden sadece hüzünlü olduğum zamanlarda yazabiliyorum? Yazabilmek için mi hüzünler yaratıyorum kendime, yoksa hüzünlü olduğum zamanlar mı bana yazdırıyor? Neşeli olduğum günlerde neden tek bir şiir bile yazamıyorum? Kafam çatlayacak gibi oluyor. Bir sigara yakıp yazmaya devam ediyorum. Hafif bir müzik beni alıp götürüyor uzaklara. Sezen Aksu söylüyor; "ah İstanbul, İstanbul olalı hiç görmedi böyle keder / geberiyorum aşkından, kalmadı bende gururdan eser..."

Bir türlü bitiremediğim romanımda yarattığım karakterin ne kadar ben olduğunu düşünüyorum. "Sesine uyku kaçmış adam..." Evet! Sesine uyku kaçmış adam ne kadar bendim? Cebinde son sözü yazılmamış bir intihar mektubu taşıyan adam...

"Sakar bir intihardan düştüm hayata / yaşıyorsam / sakarlığımdan" diye başlıyordu satırlar. O mektubun devamı hiç gelmedi.

Sabaha kadar yazdım, yazdım, yazdım... Yazdığım her şeyde yine Araz var. Ya da yazdığım her şey Araz.. Ah! Araz... "Yalnızlığa en büyük düşman senin yokluğun. Varlığını inkar edecek bir yokluk, yokluğunu yok sayacak bir varlık yok. Ben seni unutmak için sevdim! Hatırlamak için nefret ettim. Sen beni sevmek için unuttun! Nefret etmek için hatırladın..."

Hep o ayrıldığımız gün bana söylediği sözler geliyor aklıma. Son sesli sözcükleriydi beyin bültenlerimde patlayan... "Ayrılığı seçtin mi her şeyi götüreceksin yanında. Geriye hiçbir şey kalmayacak. Söylenmemiş sözler kalmamalı bıraktığın yerde... Ki ben en çok onları duydum... Gittin mi adamakıllı gideceksin. Hiçbir özlem kalmayacak dönüşleri emziren. Demem o ki, dönecekmiş gibi gitmeyeceksin. Büyük git gideceksen, uçsuz bucaksız, dursuz duraksız git. Telefonun numaraları sesime düşmemeli, yolların yoluma değmemeli. Hiçbir anıya, hiçbir dizeye, hiçbir şarkıya yenilmemeli ayrılık. Şiirler okununca unutulmalı, hasret dokununca uyutulmalı. Gece inmişken ayak parmaklarına kadar yahut gün doğarken, yatağının diğer yastığındaki boşluk tecavüz ederken gözlerine, ne bileyim tek başına yiyeceğin sofrana iki kişilik servis açtığında susacaksın, duracaksın... Gitmenin hakkını vereceksin. Ayrılık gurur duymalı seninle. Gidersen, sözün ayaklarına geçiyorsa, ayakların yakınımdan geçmeyecek! Ayrılığı seçtin mi büyük olacak ayrılık! Ayrılığı seçtin mi?.."

Oysa ki döneceğime yeminler ederek gitmiştim. Birlikte gitmenin hayallerini kurduğumuz o şehre, şimdi onu buralarda bırakarak gidiyor olmanın mecburiyetiydi beni yakan. İstanbul gibi bir şehirde, o şehre benzeyeceğimi nerden bilebilirdim? Bir akşamüstü, hayalimizdeki şehirde bir üniversiteyi kazanmanın coşkusuyla ondan ayrılmanın hüznünü aynı anda yaşadığım o gün; neyi, ne yapacağımı bilmezken çıkmıştık rüzgârtepesine. Ferahlatıcı rüzgârlar esiyordu kuzeyden. "Sen benim hiç gitmeyecek olan kahramanım değil miydin?" diye sordu. "Dönmek için gidiyorum Araz'ım" dedim. Sustu.

Parka doğru yürümeye başladık. Her zaman oturduğumuz banka oturduk. İkimiz de susmuştuk. Aramızda kalın bir hüzün bulutu vardı. O bulut, söylenmemiş nice sözleri saklıyordu berisinde. Sessizliği, kulağına fısıldadığım bir şiir bozdu.

"Böyle bir son zor gelir elbet / bilirim nasıl yakar

kavurur seni / hüzünler boynunda yağlı bir ilmek / düşüncen bir idam mangası gibi / ne olur bildiğin gibi kalayım sende / göreceksin doğrunun özü oldu gidişim / sen için bensizliği ne olur dene / bu benim bir doğruya en hüzünlü varışım / şimdi sen hiçbir şeyi hayra yormazsın / bilmezsin ki bu gidiş hangi hayra varacak / öyle bir çiçeksin ki gidersem hiç solmazsın / gidiyorum / ardımdan çiçek orman olacak..."

"Senin en büyük silahındır şiirler. Ya şiir gibi konuşursun, ya da şiir yazarsın... keşke biraz da şiir gibi yaşasaydın. Yaşasaydık..." dedi. "Sana yazamadığım her şey şiire dönüşüyor bende. Sana hiçbir şey yazıyorum suskunluklarımda. En sessiz şiiri haykırdım şimdi" dedim.

"Ne kadar haykırsan; o kadar sağırım bilesin" dedi. İri gözleri doldu. Ellerime uzandı. Titriyordu. "Ayrılığın önsözündeyiz daha... Birkaç sayfa okudukça, bir önceki sayfaya dönülen bu garip kitabı bitirdiğimizde, gençliğimiz pılını pırtısını toplamış olacak. Avazımız çıktığı kadar susacağız" dedi.

O zaman ne demek istediğini anlamamıştım. Ama şimdi ne kadar haklı olduğunu bilmek, yaralarımı sarmaya geç kalmış olmayı değiştirmiyor. Yıkılan bütün duvarlarımın altında kalan gençliğimi geri getirmeyecek hiçbir şey. Meğer ne kadar haklıymış.

Ona yazdığım son mektup geldi aklıma:

"Gurbetler biriktiriyorum kan revan yüreğimde. Yalnızlık suskun ve sensiz kuşatıyor her yanı. Bir kez olsun ben olmak istiyorum oyunu bozan. Bir kez olsun ben olmak istiyorum giden. Hıçkırıklarımı yutkunduğum gecede, gecelerde bir kez olsun ben olmak istiyorum başını eğmeyen ve ardına bakmayan. Ve bir kez daha vazgeçiyorum gelmekten. Ama şimdi gece. Çayıma hüzün karıştı, sevmek daha çok ağrıttı yüreğimi. Sesim yetişmedi sana, sustum. Hayatıma bir seni ekledim. Sen yokluğunla çoğalırken günlerimde, ben beceriksizce sana yürüdüm. Sesim yetişmedi sana. Ben sana yenilmek için sevdim seni. Hayallerime yakıştığın için sevdim. Ama artık gitme vakti. Duymadığın sesimi sana emanet ederek, acılarıma yokluğunu ekleyerek ve nereye gidersem gideyim seninle kalarak gitme vakti...

Duam olup kalacaksın. Sevdikçe çoğalacaksın yokluğunla içimde. Kızma bana sitemkâr yazıyorum diye... Küskünlüğüm inan sana değil. Söz dinletemiyorum duygularıma, yüreğime. Saatler seni sen geçmiyor. Selamını getirmiyor rüzgârın nefesi. Yollar yolumu sana bağlamıyor. Sen bırakma beni. Şimdi sen bana beni ne kadar çok sevdiğini anlat. Gerçek-yalan fark etmez. Giderken bunu duymak yaşatır beni ancak. Son iyiliğin olsun bana. Ya da sus ve git benden; ardına bakmadan... Düşlerimde sonbahar artığı ümit ilmekleriyle, umutsuz özlemlerin terkisindeki çığlıklarımla, yağmur damlayan ellerimle, topladığım tüm güneşleri getiririm belki sana. Seni görmelere yanarken içim, seni bir daha göremeyeceğimi biliyorum, gölgesinde seni sevmişliğim olan bu şehirde...

Her yalnız kalışımda, gece bana, ben geceye yoldaşlık eder; gece kelimelerimi hırpalar, kelime kelime kelimesizliğe düşürür beni. Aklıma gözlerin düşer, susarak çağırırım seni ben. Hasretle, aşkla ben iyi olurum. Sen kendine iyi bak Araz'ım..."

Bu mektuba karşılık, iki cümlelik bir mektup gelecekti bana. "GİTTİN! HİÇBİR ŞİİRİNE YAKIŞMADI BU GİDİŞ... KEŞKE BU KADAR İSTANBUL OLMASAYDIN."

O kasabadan ayrıldığım günü hatırlıyorum da içime bir sızı düşüyor. Limanda beni götürecek gemiyi beklerken yalnızdım. Gelmeyeceğini biliyordum. Dağınık cümlelerle yazmaya başladım:

"Gece yaklaşırken, gündüz güneşini, kuşlarını toplayıp nereye gidiyorsa oraya gidiyorum. Gündüzüm, gecem ceplerimde... ceplerim delik. Sözüm söz! Yüreğim yenik... gidiyorum... sevdamı savdım, sonumu kovdum başımdan. Hüzün tortulu gözyaşımdan bıktım artık. Üstümde bana ilk aldığın acım, tenimde sicim gibi bir yağmur... gidiyorum... sözüm söz! İçim köz, gidiyorum. Varacağım yeri biliyorum. Serin, duru, üstünkörü bir su birikintisinde yosun olacağım. Ve son olacağım o renkte..."

Yazdıklarımı tekrar tekrar okudum. Gemim hareket etmek üzereydi. Kimse gelsin istememiştim beni uğurlamaya. Tüm dostlarımla kasabada vedalaşmıştım. Annemin gözyaşları bile içimi onun gelmeyişi kadar sızlatmadı. Bir yanım yıkık biniyordum beni uzaklara götürecek olan gemiye...

Durmadan arkaya dönüp bakıyordum. Belki gelir umudu, gemi hareket etmeye başlayana kadar devam etti. Doğup büyüdüğüm yerden uzaklaşıyordum artık. Gemi son kez düdüğünü çaldığında, güverteden kıyıya doğru bakıyordum. Göz yaşlarımı yanımdakilerden saklayarak, tepeye doğru baktım. Oradaydı! Onu kilometrelerce uzaktan tanıyabilirdim. O minik uçurumun tam önünde durmuş, giden gemiye bakıyordu. Rüzgâr yine saçlarını karıştırıyordu. Çılgın gibi el sallamaya başladım. O ise hiçbir tepki vermeden öylece durdu. Kolum yavaş yavaş aşağıya doğru indi. Başım önüme yıkıldı. Cebimden kıyıda yazdığım sözlerin olduğu kağıdı çıkartıp denize attım. Güvertede öylece kalakalmıştım. Akşam çökerken denizin üstüne, ufuktan kaybolan kıyıya çakılıp kalmıştı gözlerim.

Sabah ezanları kentimin dört bir yanından duyulurken kalktım yazı masamdan. Banyoya gidip aynaya baktım. Saçlarım dağılmış, gözlerimin altı morarmış ve yüzümden uyku akıyordu. Kendimi öylece yatağa attım. Uykuya geçmeden önce hatırladığım son şey, bir trafik lambasının önünde bana "hoşçakal" diyen bir kız ve içimde kopan bir gemi çığlığıydı...

Yine o kasvetli günlerden biri. Hava kapalı. İstanbul'da bir öğle sonrası. Ve ben yeni uyandım! İsteksizce yatağımdan kalktım ve giyindim. Dağınık odamda bir müddet sarsak adımlarla dolaştıktan sonra buzdolabında kalmış uyduruk şeylerle kahvaltımı yaptım. Son çayı bardağa doldurup bir sigara yaktım. İşte en keyifli an... Artık evden çıkmalıydım. Üstüme her zamanki gibi özen göstermeden bir şeyler giydim. Tam dışarı çıkacakken, yerde duran bir mektup fark ettim. Kapımın altından içeri atılmış bir mektup. Üzerinde sadece "Gönderen: Sibel" yazıyordu. Tedirgin bir şekilde zarfı yırttım. Çok uzun bir mektup değildi. Okumaya başladım.

"Karanlığa çare yoktur, nasıl olsa yol bulur. Ve yürekleri sağır eden bir sessizlik, tükenmişlikten arta kalan tek varlığın olur. Söylenememiş tüm sözcükleri ancak ağlarsın içinde. Ve bilemezsin geride kalan mı yalnızdır, yoksa giden midir aslında...

Tüm yeminler öfke ile bağış arasında yaşlanır; sultanların, dostların ve sevgililerin, dağılmış kalplerin, dağılmış kalbimin...

İç bükey bir yalnızlıkta sanki ayak bileklerimden bıçaklanmışım. Sıcak bir korku tırmanıyor damarlarımda;

midemde, kalbimde... aklıma da hükmediyor. Gün ortalarında kalıyorum, kimseler bilmiyor, ben tükendikçe artıyor yalnızlığım. Kimi görsem hançerleniyorum gözlerimden ve kanıyorum en onulmaz yerimden. Ahh bu ben, kendi içinde, kendini arayan bir Simurg.

Belki yalnızlığıma mahsuben pay edilmiş tekil çoğulluğumun peşindeyim. Ümitperest bir korkak, bir meczubum. Faili meçhul bir sevdanın zanlısıyım. Takvimlere çaldırdığım yarınlarımı hiç bulamamak üzere milyon yıldır 'gün' için savaştayım. Üstüme küf kokulu akşamlar abanmış. Sefil bir tutsaklığa sürülmüşüm. Yüreğimde 40. düğüm. Ahh Mozart! Sana küskünüm. Ve öldürüyorum seni içimde. Sessizliğini seçiyorum, sessizliğimin içinden. İçimde intiharlar, cesetler. İncinmiş hayatları toplayan bir dilenci oluyorum birden... birden bire yağmur başlıyor, 'Toprak, kokulu bir baharı sürer belki dağlardan aşağı' diyorum.. Ve kaldırıp başımı kuşlara yalvarıyorum:

Yetişin nefesim bitiyor
yetişin bana kuşlar
ya özgürlük adına.
ya SEVDA hatırına

Mektubu bitirdiğimde uzun bir süre olduğum yerde kalakalmıştım. Satırlar beni amansız bir fırtınanın tam ortasında bırakmıştı sanki. Bir yalvarış, bir çaresizlik ve gizli bir çağrı vardı her kelimede. "Söylenmemiş tüm sözleri ağlamak..." diyor adını ilk defa duyduğum bu kız. Onu tanımıyorum. İçimdeki sessizliğe nasılda ses oluyor oysa... İçimde, ta derinlerimde çok eski bir şeylere dokunuyor sözleri. "Söylenmemiş tüm sözleri ağlasaydım kanardım, biliyorum. Ben ağlarken sessiz sözcükler akar gözümden. Ancak ağlarsam kanarım, ancak kanarsam ağlarım" diye geçiriyorum içimden. O eski ağrı gelip çörekleniyor göğüs kafesime. Kimdi bu mektubu yazan?

Mektubu sırt çantama koyup, beynimin içinde oynaşan binbir soruyla çıktım evden. Apartmanın kapısını açar açmaz yüzüme bir serinlik çarptı. "Soğuklar kentime geliyor" diye mırıldandım. Birazdan, o anlamsız şehir kalabalığının içine karışacaktım. Bilmediğim, tanımadığım yüzlerle karşılaşacak ve her yüzde içimdeki yaranın sahibinden bir şeyler arayacaktım. Bulmamak için arayacaktım. Bulmaktan korkarak arayacaktım. Bulduğumda ne yapacağımı bilmeden arayacaktım. Yalnız ve sessizdim nicedir. İnsanın böylesi kalabalık bir kentte yalnızlaşması ne tuhaf! Etrafındaki tüm seslere rağmen, içindeki sessizliğe mahkum olmak...

İnsanları düşünüyorum da herkes aynı dili konuşuyor ama kimse kimseyi anlamıyor. Onlar tuhaf bir dil kullanarak "anlaşamıyor" bu kentte. Ben o dili bile bilmiyorum. Öğrenmek istemiyorum. Televizyonlarda gösterilen, garip isimli dizilerden, yalancı politikacılardan, seksten ve parasızlıktan bahsediyorlar. Ama kimse içindeki sessizliğin sesi olmuyor.

Kendimi yine o çok sevdiğim İstiklâl Caddesi'nde buluyorum. İnsanların yüzlerindeki anlamlara ve çizgilere bakarak, Beyoğlu Pasajına doğru ilerliyorum. Alt kata inip her zaman oturduğum dip masaya kuruluyorum. Garson kız yanıma yaklaşıp, her zamanki yapmacıklığı ile ne istediğimi soruyor. Onun, yaptığı işi sevmediğini düşünüyorum. Aklı hep başka yerlerde gibi geliyor bana. Hemen hemen her gün buraya gelip sade bir kahve istememe rağmen bana hâlâ aynı soruyu soruyor.

"Ne alırdınız?"

"Biraz yalnızlık ve biraz da sessizlik alayım. Getirirken dökmeyin, mutsuzluğum eksilir" diyorum içimden.

"Sade bir kahve lütfen!"

Kız gidiyor ve ben yanımdan hiç ayırmadığım sırt çantamdan bir kitap çıkarıp okumaya başlıyorum. Uzak kentlerin birinde tatil yaparken, kafasına kesekağıdı geçirip, oturduğu koltukta intihar eden annesini düşünen bir adamın hikayesi anlatılıyor kitapta. Ama benim aklımda hâlâ o esrarengiz mektup ve içindeki satırlar var. Mektubu yeniden okumak istiyorum. Şu anda yaşadığım sessizliğe ne kadar da denk düşmüştü o satırlar. "Ve yürekleri sağır eden bir sessizlik, tükenmişlikten arta kalan tek varlığın olur..." Neydi senin sessizliğinin adı Sibel? Tükenmişlikten arta kalan tek varlığın, benim de duyumsadığım bu sağır sessizlik mi? Kimsin sen?

Kahvemden ilk yudumu alırken, bu mektupların devamının gelip gelmeyeceğini düşünüyorum. Yoksa "o" izimi buldu da bana gizemli mektuplar yazarak intikam mı alıyor? Evet! Sanırım böyle bir durumla karşı karşıyayım. Yoksa bu kadar denk düşebilir mi bu satırlar yaşadıklarıma? İçimde gittikçe büyüyen bir yalnızlık var ve ben o yalnızlığın ne zaman biteceğini bilmiyorum! Yalnızlık biter mi? O esrarengiz kızın mektubunda dediği gibi "Ben tükendikçe artıyor yalnızlığım..." Yalnızlığım arttıkça da ben tükeniyorum.

Kendimi yeniden İstiklâl'in o bitmeyen kalabalığına atıyorum. Bütün gün dolaşıyorum. Yeni çıkan kitaplara bakıyorum. Bazı kitapçılarda kendi kitaplarımı görüyorum. Tuhaf bir duygu kaplıyor içimi. Kafka Kafeye gidip, en dipteki masalardan birine oturuyorum. İçimden şiir yazmak geçiyor. Kalemi kağıdı önüme alıp, saatlerce onlara bakıyorum. Nafile. Hiçbir şey yazamayacağım. Bu mekanın sakinliği çok hoşuma gidiyor. Uzun süre orada oturduktan sonra eve dönmek üzere yola çıkıyorum. Vasat bir günün sonu. Hava kararmak üzere. Üşüyorum. Kendime daha kalın bir mont almalıyım. Şöyle yüreğime kadar beni ısıtacak...

Etrafa boş gözlerle bakarak yürüyorum. Taksim Meydanı'ndan oturduğum muhite doğru giden otobüslerden birine binip, en arkadaki koltuğa oturuyorum. Hayatı da hep böyle diplerde yaşamayı seviyorum. Seçilmiş bir yaşam bu... Benim yaşamım! Ama yanımda bu şarkıyı benimle birlikte söyleyecek kimse yok! Otobüsün hareket etmesini beklerken camdan dışarı bakıyorum. Koşuşturan bir sürü insan. Yüzlerinde anlamsız ifadeler taşıyorlar. Ne kadar da yabancı geliyor bu insanlar bana. Otobüs hareket etmeye başlıyor.

Üniversite bittikten sonra yalnız yaşamaya karar vermekle hata yapıp yapmadığımı düşünüyorum. Şehrin bütün duraklarına uğrayan otobüsün içinden dışarıya bakarken, geçmişin muhasebesini yapıyorum kendi kendime. Oysaki dört yılımı geçirdiğim o öğrenci evinden ayrılırken, "Bir daha düşün. Gel beraber başka bir ev tutalım. Nasıl olsa ikimiz de kararlıyız bu lanet şehirde kalmaya" demişti Murat. "Sen yine yazmaya devam edersin. Ben de bir kafe açarım. Geçinip gideriz. Hadi gel beni dinle sen. Hıyarlık yapma." diye ısrar etmişti. Ama ben ille de yalnız yaşayacağım diye tutturmuştum.

Eve geldiğimde hava iyice kararmıştı. Kapının önünde biraz oyalanıp yeni bir mektup var mı diye bakındım. Yok! İçeri girdim. Evin içi soğuk ve sessiz. Burnuma tuhaf bir koku geldi. Masanın üzerinde duran küflenmiş ekmeğin kokusuydu bu. Ansızın aklıma Sibel'in o satırları düştü: "Üstüme küf kokulu akşamlar abanmış..." Sonraki cümlesinde de sefil bir tutsaklığa sürülmüşlüğünden bahsediyordu. Bense nereye sürülürsem sürüleyim hep onun uçurumunda asılı kalıyordum. Sefil bir tutsaklık ve incinmiş bir yürekle, yalnızlığın ve uçurumların tam ortasında duruyordum. Ve aklımdan nerden okuduğumu hatırlayamadığım şu cümleler geçiyor "Bir adımda bin uçurum, bir uçurumda en gizli yakınlığı saklarım, taa ki sen seslenmekten, ben sakladığımdan gelene kadar..."

Koltuğa uzanıp gözlerimi kapatıyorum. Edip Akbayram'ın o yanık sesi duyuluyor uzaklardan "Sevda çok uzaklarda / yıldızların da ötesinde / bilmem nasıl yakalarım / kuşlar..."

Biraz önce sessizlik vardı bu evde ama şimdi odam bu şarkı ile doldu. Ne hoş. Demek bu apartmanda benden başka da yüksek sesle müzik dinleyen birileri var. Karnım aç ve evde yiyecek hiçbir şey yok. Yalnız yaşamanın tatsız olan yanlarından biri de bu işte! Şimdi işin yoksa dışarı çık, makarna ya da yumurta al ve klasik bekar evi yemeklerinden birini yap kendine. Yoksa kendime bir ziyafet mi çeksem? Mesela patates kızartması!

Üzerimde bir halsizlik var. O kadar yorgunum ki; kolumu kıpırdatacak halim yok! Pencereme vuran yağmur taneciklerinin sesini duyuyorum. Ve aklımda yine o satırlar "...yağmur başlıyor, 'Toprak, kokulu bir baharı sürer belki dağlardan aşağı' diyorum..."

Yağmurun sesi hep uykumu getirir. Salonda, uzandığım koltuğun üzerinde uyuyakalmışım. Odam karanlık ve şarkı bitmiş.

Uyandığımda neredeyse donmak üzereydim. İnsanın, böyle uyuyakaldığı zamanlarda üzerini örtecek birilerinin olmaması ne kötü! Kaç saat uyuduğumun farkında bile değilim. Sarsak hareketlerle ayağa kalktım ve karanlıkta kör adımlarla yürüyerek ışığı yaktım. Ben düğmeye dokunur dokunmaz dağınık odam aydınlanıverdi. İyice acıkmıştım. Birden yine o mektup geldi aklıma, "...takvimlere çaldırdığım yarınlarımı hiç bulamamak üzere milyon yıldır 'gün' için savaştayım..."

Yıllar, bizden aldıklarını geri vermemek üzere kaçıp giderken, yarını bile bile bulmamak umarsızlığıyla 'gün' için savaş vermek ne demekti? Faili meçhul bir sevdanın zanlısı olan ve adından başka hiçbir şeyini bilmediğim bu kızın uğruna savaştığı 'gün' hangisiydi? Hayatın kıyısında her şeyi ıskalayarak yaşayan ben, bu esrarengiz mektubun neresindeydim?

Farkında olmadan yazılan bu satırların tutsağı olmuştum. Her şey o satırlarla başlıyor ve o satırlarla bitiyordu. Her şeyin içinde o satırlar vardı ya da her şey o satırların içinden geçiyordu. Kimdi bu meçhul kız? Açlığıma aldırmadan, oturup bir şeyler yazmaya başladım.

"Anılar kentlerde yaşar sevdiğim
kayalar asıl yüzlerimiz olur kimi zaman
tüm gökyüzü çiçekler için vardır oysa
rüzgâr utangaç bir kızdır
sessizden teninde dolaşır
kokusunu bırakır yasak yolculukların
kan kesmiştir gözleri çocukların
uykularında çekmeceleri yağmalanır
can olur martıya özlem
kırık kanadını sarar sarmalar da uçar
tüm durakları kentin geceleri görünmez olur
kıyılar denizsizdir
uçurumlar gölgeler için yaşar
ateşten dili gül iklimi kadınlarının öpüşlere yasaktır
trenler eski şehirlerden geçer
acılı ölülerin ve gözlerinin üstünden
kalbin yalnız mezarlıklara yurttur
gözbebeği büyücüsü umutlarınla oynar
sahte eller yaratır öldürücü el sallayışların için
sözcükleri güç için kullanır utanmadan insan
dinmeyen sessizlik kanatır
yarası kabuk tutanlar
bilet alabilir güneş ülkesine

ve ateşte yan tutabilir böyle zamanlar
inanmayacaksın
gördüm
deliler hücrelerde yaşayabiliyor bu ülkede
düşünenlerse delirebilmeyi deniyor sık sık
evet hiçbir uçurtma uçmuyor göğünde
hiçbir limanında sevebilenler yok
hiç kimse 'gel' diye bağıramıyor penceresini açıp bir
gece yarısı
hiç kimse utanmıyor susarken sevemezken
gülüşünden

boşvermişlik
kapkara bir yılan gibi çökmüş yüreğine şehrin
inceden zehrini akıtıyor korkaklık için

"şehirler olmasa anılarımız ölü olurdu" derdin
haklı olduğunu şimdi daha iyi anlıyorum sanki
şehirler, şehirler, iç içe geçmiş şehirler
gözlerimizle yüreğimizle kurduğumuz saklı şehirler
ve bazı şehirler var
oraya sadece kuşkular girebilir
sadece hüzünler
işte onlardır karanlığın kurduğu gizli kentler
ruhumuzda
ve bir sokak ki
çırılçıplak bir göğüs oluyor kimi zaman

bembeyaz, korunaksız
soyunmadan çıplak kalabilen ender bir varlık o
içindekileri de dışındakileri de taşıyor bir arada
upuzak düşlere
eski bir sevdayı deliyor gözlerin
kimse bir boşluk bulamazken sevdama inan, hâlâ
ölüm yorgun burada
binlercesi bağır bağır bağırıyor tapınanların
toprak bağrındaki kanı kemiği
biriktiriyor suç için
esir düşmesin diye tepe
güneşi ele vermesin diye

ellerine benzeyen bir hüzünle geliyor
burada gece
sevdalı ufuk karası
gözlerini öğütlüyor bana
öylesine vurulmuşum ki sevdana
gülüşüne

beni aşka kırdıran bir aşka bedelleniyorum
mecburum

bazen çıkabiliyorum parka
çıplak ayaklarımla çimenleri hissediyorum
tepe öylesine dinlendirici ki sessizliği
yıldızlar öylesine inanıyorlar ki hâlâ

gülümsüyorum
hâlâ gri görünüyor denizin yüzü
ve kimse tanımıyor fenerciyi
işte bazen böyle imkansız olur ölmek
hiçbir yol almaz seni gitmen için
hiçbir denize giremezsin çırpıntısızken
bir boşluk ararsın girebileceğin
boşluklar delinir
deliğe girmezsin
olmaz
yapmazsın
bir aralık ararsın öteye geçmek için
ilerlersin görürsün ilerlersin
tam o aralıktasındır ki
elin kolun kesilir soluksuz kalırsın
farkında değilsindir
o aralığa gelebilmek için pek çoğunu düşürmüşsündür
yıllar yılı sakladıklarının
gitmek için ihtiyaç duyduklarının
duyacaklarının
o aralıkta kalırsın
ileriye asla geçemezsin
geriye dönüşse zaten yoktur
dönüp baksan kapkara bir göz görürsün gözbebeğinde

geçmişi oynar beklediklerin istediklerin
senin için oynar

artık izleyicilerdensindir sen de
aralık insanlarından

bazen çıkabiliyorum parka
işte bunun için
ama daha çok bakıyorum
fısıltılar uzuyor oraya vardığımda
bulutları görüyorum
saçlarımı hissediyorum
kıskanç bir sevgili gibi 'ayı' görüyorum nedense
öyle hissediyorum
hem benimle olmayı çok istiyor
hem de kırgın somurtuyor
çok da gururlu
keşke gelmeseydim diyorum utanıyorum
sonra uzanıyorum
sessizliğin geçiyor üstümden hâlâ orada
geçmişimi bırakıyorum kente kent için
bir yandan da bağrımdaki yılanla savaşıyorum kentin
zamanla uzlaşıyor benle
nasıl neyle bilemiyorum

ihanet
ihanet kaçınılmaz bir gerçek gibi beni çekiyor orada
ikimiz de şimdi daha iyi biliyoruz belki
bir aşka bir ölümün yetmeyeceğini

kentler dönüşler için vardır sevdiğim
bir çocuk, bir liman, iki yemin
ilk bakışta görülebilenlerdi
ve her şey bir bakışla başlamıştı
aşk gibi hilesiz, kör kuyulara takılmış çığlıklar
saklananların onurundan bozma gri gülümseyişler
yarım sevdalar o zamanlarda da vardı

yurdunu kuşanmıştın sevdana ak bir duvak gibi
seni ilk kez orada görmüyordum

bilmiyorum ama ten zayıftı
kıraç bir toprağı çatlak dudaklarından usulca
emziren bir gece yağmuru gibi gülüyordun
"an"larda görebiliyordum ancak seni
ve tepede çoğu zamanını
kaçmakla geçiriyordun
kilitledikçe çoğalıyordu kapıların
seni düşünürken yıldızlardan sakınırdım umutlarımı
teninin dinginliğini
papatya gülüşlerinle korkunçlaştırıyordun
seninle kalabilmek
rüzgârı kıskandıran gidişlerinde
seninle olabilmek sabır istiyordu
serin bir ırmağın hasretiyle
yoğrulmaya başlamıştı işte o günlerde düşlerim
geceleri kıyıya kadar iniyor

tepeyi gözlüyordum
korkuyordum
ancak bu kadarını yapabiliyordum
senin gülüşünle çıkmaya cesaretim yoktu oraya
ne de olsa geceleri istasyonların
şehrinden soyunduğu bir yerdeydik
sinsi bir o kadar da saldırgandı
düşlerimizin düşmanları
sonraları sensizliği
gizliden paylaşmayı öğrenecektim tepeyle
o sanki ben bu şehre ait değilim dercesine
haykırıyordu sürekli
sonsuzmuşçasına kararlı bir gülüşle
acısını gizlemeye çalışan bir denizin yüzünde
hep tepenin soluğunu hissediyordum
uyumamak için cesarete ihtiyacım yoktu henüz
sessizliği de paylaşmayı öğreniyordum

bazen
en karmaşık sevgilerin kokularını yüreğine
sindirebilmiş
bir sardunyanın bakışıyla bakardın
gülümseyerek direnmeye çalışırdın derinliğine

çoğu sözcüğe bir anahtar gerekmez
dile düşmek için
dipteki o azınlıksa bir dili yaratabilir ancak

kilitli kalanlardan
sevda ve ölüm adına

ağzımı açsam sanki bir ayna dolusu cehennem içime
kaçacaktı
ve bir aynada ki sen aracılığla
diğer bir aynada ki "sen"e bakarken
aynalardan birine yaklaşırken
ötekinden uzaklaşıyordun hep
görebilmek için
bir küçük bir büyük ayna
yaratır böylesi bir cehennemi
genelde
iki suretini uzlaştıramazsın birbiriyle
bir açıdan kendini görebilmen
diğer bir açıdan kendini yitirmene bağlıdır
suretler birbirlerini yiyerek yaşayabilir böylece
tıpkı çağrışımın çağrışımın imgesi, imgeninse
çağrışımın
maskesi olması gibi
işte bunun için hiç ama hiç bakmadık seninle tepenin
dışından

bazen tek bir cesedi paylaşır pek çok kavram
şimdi öylesi bir kent ki burası
herkes bir başkası olabildiği sürece var
ya da bir başkası herkes olabildiği sürece

yılgınlığını suskunluğuna gizleyebildiği ölçüde var
hiç kimse hiçbir şey yan tutmuyor
üç kişi bir araya geldiğinde ikisinin mutluluğu
üçüncüyü ezişlerinde yatıyor
üçüncünün kim olduğu ise hiç önemli değil sıklıkla
hatta bugün ikilide yer alan bir mutlu
yarın üçüncü mutsuza dönüşebiliyor kolayca
önemli olan o üçüncü olma anı
herkes ezebileceği birine ihtiyaç duyuyor
söz
ezmek için kullanılan bir silah
arkadaşlar yoldaşlar arasında bile
tapınmak öylesine bir yaşam biçimi ki burada
yürürken unutkanlıklarıyla sevişebilen birisi olmaktan
korkuyorum
yürürken bile bu kentte
ki yürümek bir düşünmedir
tabi bütün ozanlarının
bir masala sürgüne gönderildiği bir yerde
herkes bir başkası için yapar
kendisi için yapması gerekenleri
ağlarken kana karışır sevdamızın yarısı
fark etmez tutunuruz bireysel kısmına
büyük zamanımızın

ya herkes birbirine geç varır
ya herkes birbirine erken gider

gülüşlerimizi kalıcılaştırdığımız ölçüde
gidebileceğimiz halde
biz kalırız gülüşlerimiz gider

bir insanın bir insana verebileceği
en değerli şeyi
"yalnızlığı"
bana verdiğini şimdi daha iyi anlıyorum
beni kalmaya mahkum eden bir yola
nasıl sevdalandığımı da
üstelik senin için yazarken bile
sevgilim onu düşlüyorum
korkunç evet
ona bir koridorda rastlamıştım
ya da böyle olmasını istediğim bir gecede
ölümler sonrasıydı korkusuzdum
artık hiçbir tren makas değiştirmiyordu
ben bakabildiğimde
bir otobüsün
yorgun soluklarla buğulanmış camlarından
arkadakileri gözlüyordum
ışıltılarını sayıyordum
güncesini tutarak sayıklamaların
koridor basit bir çitti
ayağımı kaldırıp üzerinden geçemeyeceğim
basit bir çit
sessizdim öfkeliydim

arkada ayaktaydım üstelik
dönüyordum
sanırım otobüse son anda yetişmişti
daha önce de konuşmuştuk onunla
öyle sanıyorum
benim duruşumdan da korkunç bir merhabası vardı
ne zamandır görmediğim bir şeyi onda görüyordum
dahası bir gece birisini görebiliyordum gerçekten
bir şeyler söylüyordu
gözlerine bakmamaya çalışırken bile
onu görüyordum denizin yüzünde
sanki amansız bir fırtınada
balkonda unuttuğum sardunyamı ölü çiçeğimi
canlandırmak için gelmişti
üzerimizde incecik bir yağmurluk dahi yokken
tepede kar yağışını izlerken ki gülüşümüze benziyordu
hem de hiç benzemiyordu bir yandan
bu benzemeyiş tedirginliğimin tehditlerini
amansızlaştırıyordu
ortak bir acıyı dindirmek için çabalarken
sessizliği paylaşmayı yeniden öğretiyordu bana

o kıpkırmızı gülüş
geceye ben senin değilim diyen saçlarının karası
sevdamın kanını usulca siliyordu
bir kayıp ülkenin kırlarının
hüzünlü dağlarının

yamaçlarına çektiği sürmeyi anımsatan
sevdasını bağrında gizleyen kaşları
ve kan tutmuş yabancı bir geçmiş
yakınlığımızın savaşını bir aşk pahasına
verdirtiyordu bana
zamanla daha iyi öğrenecektim
ya sana ya da aşka ihanet etmem gerektiğini
benim yüreğimde öylesine çelişiyordunuz
öylesine birbirinizken
ihanet etmekten başka bir şey yapmam mümkün
değildi sevda için
farklı bir iklimde yaşamaya mahkumdum
diğerlerinden
üstelik aynı çağda

kayıp sözcükler sevdalı öpüşler
bir demir yolu kesilmişti
baştan aşağı bölüyordu yüreğini
herkes için başka geçmişleri olan
güç satıcıları mutlu muydu bilmiyorum ama
bu mahkumiyet benimdi onların değil
ve yemin ederim sevgilim
geçmişimi kullanmasına
hiçbirinin izin vermedim
kendimin bile

oysa şimdi saklanan bir denizde
her gün bana gülümsüyor

ve sadece bu
yabancılık bir kenttir sevdiğim yabancılık bir kenttir
kendi kendine yasaklanmış bir an kadar yasak
pencerelere takılıp kalmış bakışlar kadar
umursamaz ve cömert olabilir

yumuşatma gülüşünü
duvarlarındadır kent
ayna saklısı bir düş kadar acımasız
gizle bileyler onurunu gölgeler
yıldızlarla sarsılmaz bir zaman anlayışı vardı
mezarlıkların
bahçelerine girilmiş tuzak yüreklerde
her dokunuş için bir başkası olmak gerekir hatırla
hiç tanımadığın bir öpüş seninkidir aslında
ne zaman nerde yitirdiğini bulmak zordur ıssız
kırılganlıkların
işte bu da öylesi bir kargaşadan somutlanmış bir
izlektir
pas tutmuş acıları kullanır çark
her sevdalanış bir izdiham yaratır
kargaların tarlasında bir korkuluk olursun
dudağının kırmızısını
esmer akşam üstleri alır
kavşaklar acımasızdır
bir o kadar da şefkatli
hep seni bekleyen

hileli bıkkınlıkla ayaklarını parçalar
aşka sınır arar
tek gerçeği kendidir öldürülmüş kentlerin
işte sorgulanmış baharların ele vermediği kız
şuna inan şimdi birisi daha öldü herkes biliyor
yalan söyleseler de sinsice çıkıyorlar kentlerinden
hepsini bütünleştiren yüreklerinin
sonsuz karanlığında buluşuyorlar
onlar dua ediyorlar bizim ölülerimiz için
sonrası gece
oyuncak bir kelebek
kırık kanadından yapılmış yaralı bir kuşun

"insanları olması şart mıdır bir kentin?" diye ilk
sorduğunda
kendimden utanmıştım
ağlamaklı bir çocuğun düşünde yargılamıştım kendimi
istasyonlarını, varoşlarını gezmiştim kentin
özür dilemiştim

şimdi şu kesin ki aşk kadar yabancılık bir kenttir
oraya uğramaması mümkünsüzdür gezginlerin
dağ yolları dolaşıp
geceleri köy evlerinin kapılarını tıklatan
ipince bir rüzgâr yaylaların kokusunu indirecektir
gecekondu sokaklara
belki göl balıkları ile söyleşecektir derviş

sığ ayrıcalıktır çoğunluk için
alkış tutacaktır ağaç karnını yaranlara
sır bıçaktır karanfilin ağzında
konuşsa kesilir dili sürgün çocukların
yangınlar doğuracaktır belki kuşku
yanlış yangınlar
ama sevdanın sabaha yakın olduğu bir zamanda
uğrayacaktır mutlak kente birisi

bir büyük kent çölünde
koşacaktır çocuk tepeye
bir daha çıkamayacak olsa da
o bizim nerde olduğumuzu her zaman bilecektir

her şey bir bakışla başlamıştı
bir çocuk bir liman iki yemin
seni seviyorum

Uzun zamandır hiçbir şey yazmıyordum. Birden dökülüverdi satırlar. İçimde yaşayan o büyük aşka karşı tutunamayan nice sevdaların başarabildiği tek şeyi, "ihaneti" itiraf edişimdi bu şiir. Anladım, ihanete uğrayan hiçbir aşk, uğratanını terk etmiyor.

Günlerdir uykusuz ve sürekli hareket halindeyim. Yola ne zaman çıktığımı bilmiyorum. Saçlarım çok yağlandı. Ter kokuyorum. Banyo yapmaya ihtiyacım var. Ankara Otogarı'ndayım. Saat 23.30. Birazdan otobüsüm kalkacak. Yeni kitabımın yoğun geçen imza gününden kalma bir zafer sarhoşluğu taşıyorum üstümde. Nereye gideceğimi hatırlamak için elimdeki bilete tekrar bakıyorum "Kayseri" yazıyor. Yanımda beni uğurlamaya gelen birkaç kişi var. Aralarında hiç tanımadığım iki kişi olduğunu fark ediyorum. Sürekli bir şeyler soruyorlar. Ağzımda yorgunluktan kayan kelimelerle cevap vermeye çalışıyorum. Kafamın içinde insan sesleri ve uğultular dolaşıyor. Etrafıma bakmıyorum.

Bir yerden bir yere yetişmeye çalışan insan seli kalabalıklar, beş dakikada bir yapılan anonslar, ağlayanlar, sevinenler, ayrılanlar, kavuşanlar, bekleme yerlerinde uyuyanlar, susanlar, dalgın dalgın düşünenler, yemek yiyenler ve aç durmak zorunda kalanlar... Hepsine bir tül perdenin gerisinden bakıyorum sanki. Sesler birbirine karışıyor. Yanımdakiler gülüşüyor, bazen de kahkahalar atıyorlar ve bu sesler beynimdeki uğultulara karışıyor.

Otogar, insan selini içine alıyor ve başka şehirlere kusuyor onları... Gözlerim yarı açık bir şekilde etrafıma bakıyorum. Aslında yalnız kalmaya ihtiyacım var. Otobüsün kalkışına yarım saat kalmış. Keşke biraz uyuyabilseydim boş bir köşede. Neyse ki birazdan kendimle baş başa kalacağım ve Kayseri'ye kadar uyuyabileceğim. Otobüslerde, trenlerde ve uçaklarda uyumak çok zor. Belim çok ağrıyor ama günlerdir yorulan bedenim, uyurken bunu hissetmeyecek biliyorum. Uğurlamaya gelenlerden biri beni uyarıyor ve otobüse binmem gerektiğini söylüyor. İçlerinden en suskun olanı hüzünlü gözlerle bakıyor bana. Böyle sessiz oluşu kafamın içinde soru işaretleri oluşturuyor. Keşke ağlasaydı. Ya da gülümseseydi. Yani bir tepki vermiş olsaydı keşke... Şimdi böyle düşünüyor olmazdım onu.

Çok ağlayanlar gördüm. Ve çok gülenler. Her uğurlamayı bir şölene dönüştürenleri bilirim. Ya da bir trajediye... Ağlayanların ve gülenlerin ne demek istediğini bilirsiniz. Ama ikisinin arasında kalıp susanları asla çözemezsiniz. Gülmeye kendini zorunlu hissedenler vardır, rol yapanlar. Onları bilirsiniz. Ağlayanlar vardır, sahte gözyaşları dökenler. Onları da bilirsiniz. Bir tek susanları ve tepki vermeyenleri çözemezsiniz. Gerçek mi ya da tehlikeli mi olduğunu düşünürsünüz.

Bu kız, küt kesilmiş saçları, esmer teni, siyah gözleri ile bana ne yaptığını bilmeden boş gözlerle gözlerime bakıyor. Etrafındaki kalabalık siliniyor birden ve bir tek o kalıyor görebildiğim... Sesler duyulmaz oluyor. Dudaklarını kıpırdatmaya başlıyor. Onu duyar gibi oluyorum, "gitme..."

Otobüse biniyorum. Ardımda bıraktıklarıma el sallıyorum. Bir yolculuk daha başlıyor böylece... yorgun ve suskunum. Esmer kızı göremiyorum aralarında. Yoksa hiç olmamış mıydı? Otuz dokuz yolcu ile uzaklaşıyoruz o kirli, gri kentten... Kafamı geriye doğru yaslayıp gözlerimi kapatıyorum. Bu seferki gidişimde acele koşturmalar olmadı. Diğer gidişlerimde hep bir dakika kala yetişmeye çalıştığım otobüsler ya da trenler oluyordu. Hep ucu ucuna yakalayabiliyordum. Oradan oraya koşuşturmalar, zamanla yarışlarım ve uykusuz, yorgun gidişler... Bu temponun nereye kadar devam edeceğini düşünüyorum. Sanırım bir gün bir yerde aniden öleceğim.

Otobüs hızla yoluna devam ederken, yanağımdan şehirlerin aktığını hissediyorum. Bir ışık seli gibi geçiyor şehirler benden ya da ben şehirlerden.

Yorucu geçen imza günlerimin ardından, on beş gün sonra evime dönüyorum. İstanbul'u bu sefer bir başka özledim. Evimin kapısını açar açmaz, bir mektupla daha karşılaşıyorum.

-2-

İşte hayallerimin şehrine gelmiştim. İstanbul beni baştan çıkarmaya hazırlanan bir nehir gibi uzanıyordu önümde. Koynunda bir yılanla savaşacağım şehirdi bu... İstanbul'du... Zamanla uzlaşmayı öğrenecektim o yılanla... Neyle, nasıl bilmeden. Bana kapılarını açan üniversitenin önünde durup öylece baktım o koca koca binalara. Kapıdan içeri girdim ve okulun geniş yolundan yürümeye başladım. Kaydımı yaptırıp, bir ev aramak için bilmediğim bu şehrin sokaklarında kaybolacaktım. Okulun yabancısı olduğum yürüyüşümden, duruşumdan bile belli oluyordu. Tedirgin gözlerle etrafıma bakıyor, hiç kimsemin olmadığı bu şehirde beyhude bir umutla tanıdık yüzler arıyordum kendime.

Öğrenci İşleri'nde sıranın bana gelmesini beklerken, benim durumumda olan bir çok kişi gördüm çevremde. Hepsi başka başka şehirlerden gelmişti. Kimisi iyi giyimli, gösterişli; kimi ise biraz boynu bükük ve ezikti. Nedense hep onlara takıldı gözüm. Kendime daha yakın görürdüm ezilenleri.

Kayıt sırasında beklerken, orta boylu, gözlüklü biri yaklaştı ve "Başbakanlık Bursu için nereye başvurmamız gerektiğini biliyor musun?" dedi. Türkçesi düzgün, sıradan giyimli ve ağır başlı birine benziyordu. "Hayır, bilmiyorum." dedim. Kendisi gibi benim de yabancı olduğumu anladı. İşte Murat'la uzun yıllar sürecek dostluğumuz bu kısa tanışmayla başladı. O kadar samimi ve içten olabileceğini hiç düşünmemiştim. Sandığımdan daha yakın görünüyordu bana. Bilmediklerimizi beraber öğrenip, üç gün içinde tüm işlerimizi halletmiştik. Bu üç günde de Beşiktaş'ta Murat'ın uzaktan akrabası olan birilerinin yanında kalmıştık. Birlikte bu koca şehri tanımaya çalışıyor, bir yandan da ortak tutabileceğimiz bir ev arıyorduk. Benim ilk defa geldiğim bu koca şehre, Murat daha önce de gelmiş. Ama yine de çok az biliyor bu kenti.

Okulumuza, yani Marmara Üniversitesi'ne yakın olması için, Göztepe civarında uzun süre ev aradık. Kimse öğrenciye daire kiralamak istemiyordu. Uzun arayışlar sonunda bütçemizin yetebildiği bir eve yerleştik. Göztepe'de olmasa da oradan daha güzel bir yerde bulmuştuk evi. Kadıköy'de... En azından okula tek bir otobüsle gidebilecektik.

Tipik bir öğrenci evinden ziyade daha çok sanatçı evi gibi döşemiştik her yeri. Zevklerimiz o kadar uyuşuyordu ki hiç zorlanmadık kırık dökük eşyamızı satın alırken.

Duvarları birlikte boyamış, birlikte onarmıştık. Bit pazarından ikinci el aldığımız eşya her türlü ihtiyacımızı karşılıyordu. İstanbul'un en güzel semtlerinden olan

Kadıköy'de, 30 Ağustos sokakta, hem de çok uygun bir kira bedeli ile tutmuştuk o küçük daireyi. Evin arka bahçesi bile vardı. Yazın çok işimize yarayacak diye düşünmüştük. Üç katlı mütevazı apartmanın sahibi, bütün ömrünü memleketi Rize'de geçiren Davut amcaydı. Bizi çok sevmişti. Biz de onu... 60-65 yaşlarında, hafif kambur, yüzü pek gülmeyen bu amcayla evi için bir yıllık kontrat yapmış, yarım saat nasihat dinlemiş ve evine gözümüz gibi bakacağımıza söz vermiştik.

"L" şeklindeki sokağın tam köşesindeydi evimiz. Apartman kapısından çıkıp sola doğru devam ettiğinizde hafif yokuş iner, otuz metre sonra trafiğin her zaman yoğun olduğu Kuşdili caddesinde bulurdunuz kendinizi. Solunuzdaki büfenin yanından yukarı doğru yürüdüğünüzde Altıyol'a çıkar, o meşhur boğa heykelini görürdünüz. Bahariye caddesi hemen sol tarafınızdadır. Tek eğlencemiz olan sinemalara doğru gider o yol. O yola girmeden dümdüz devam ederseniz rıhtıma inersiniz. Yani Kadıköy'ün en kalabalık meydanına... Haldun Taner Sahnesi, yıllara meydan okuyan görüntüsü ile dimdik ayaktadır orada... İskeleler, dolmuş-minibüs durakları, belediye otobüslerinin terminali ve o insan kalabalıkları "ben İstanbul'um" diye haykırır yüzünüze.

Akşamları tek başıma rıhtıma iner, Beşiktaş iskelesinin yan tarafına doğru uzanan "hasır"da çay içerdim. O küçük taburelere ve masalara sığmaya çalışan onca insanı izler, şiir yazmaya çalışırdım. Arada bir gelip bana mendil satmaya çalışan küçük esmer çocuklara para verir, yarısı yenmiş simidimi onlarla paylaşırdım.

Öğrencilik yıllarımın en güzel ve en acı zamanlarıydı. Araz'sızlık, parasızlık ve özgürlük dolu yıllarım…

Ben sahilde dolaşıp denizi seyrederek günlerimi geçirirken, Murat, evde kalıp kitap okumayı tercih ederdi. Bursa'dan gelmişti bu şehre. Annesi ve babası ayrı yaşıyorlardı. Zaman zaman bunun olumsuz etkilerini gözlemleyebiliyordum onda... Dünya güzeli bir kız kardeşi ve yaşından daha olgun gösteren bir erkek kardeşi vardı. Bazen yanımıza gelip bizimle kalırlardı. O benim dert ortağım, sırdaşım ve bazen de öykündüğüm biri olurdu.

Ben duygusal bir insandım, Murat ise mantıklı. O yönüne hayrandım. Ben daha çok şiir kitaplarını okumayı tercih ederken, o kendisine hep polisiye romanlar seçerdi. Kadıköy Postanesi'nin arka sokağındaki "Akyüz Kitapevi"nden alırdık tüm kitaplarımızı. Yıllardır orada çalışan kumral kız o kadar iyi tanımıştı ki bizi, akşama kadar asık olan suratında, bizi gördüğünde bir gülümseme belirirdi. Ben sıkılgan ve içine kapanık biriydim, insanlarla hemen iletişim kuramazdım. O yüzden, o kumral kızla hep Murat sohbet eder ve dükkandan çıkarken en dayanılmaz esprilerini patlatırdı. Soğuk ve kendine has bir güzelliği olan o kumral kızı, hep o kitapeviyle birlikte hatırlarım. Bir keresinde yeni çıkan bir dergiyi bana tavsiye etmişti. İlk sayfadaki şiiri görür görmez mutlu bir gülüş oturdu yüzüme.

"deli dolu geçtik ateş hatlarından
sevgim korkuyla beraber büyüdü içimde
sevdikçe korktum korktukça daha çok sevdim
er geç birbirini boğacaktı bu duygular biliyordum
neden sonra farkına varıyor insan
ayağına takılan bütün taşları yoluna kendi döşediğinin

senin yarınlara inancın benden yüklüydü
daha cesaretliydin
planı çatılmamış yarınlara ektiğin umutlar
er geç açacaktı biliyordun
deli sevdalı çocuk ruhumun
nicelerinin uğruna kıyametler kopardığı
değersiz değerlere sırt dönmüş güvenli saflığında
bir sonsuzluk buldun kendine
ve hayatımızın resimlerini çizdin duvarlarımıza
sonra birden
yeşil bir kentte
ılık bir yaz gecesine astın beni
sevdalı ömrümün dakikası beş para etmedi
ödedim
cümlelerim seni taşımaktan yorgun düştü
son sözün ve son anın efendisi olmaya bilenmiş
yüreğine yenildim
geçmişten nefes alıp geçmişe nefes verdim
anılar kemirdi yüreğimi felç oldu hislerim
zamanın çoktan dibe çöktüğü kum saatimin belinden

tek bir saniye bile süzülmüyordu
ters çevirmeye cesaretim yoktu
çünkü yeniden başlayacak bir hayatın korkağı olmuştum

aşkların sonrasında hüzün vardır
ya sen hüznü boğarsın
ya da hüzün seni boğar
ama birisi kanatlarını kırarsa eğer
yaralı kuş rolüne soyunacağına
yürümeyi denemelisin hayata dönmelisin
bunları düşünebilmek bile kendime dönüşümdü
ve sonunu infaz ediyordu içimde

o gece yüreğimden sağ çıksaydın
eğer ölen ben olurdum
o gece
hayatın lekesiz bir anında
seni intihar ettim
şimdi katil benim

artık güncemde bir boşluksun
yavaş yavaş taze anıların altına gömülüyorsun
ve sana ait sandığım her şeyin
aslında benim olduğunu öğreniyorum
hiçbir duygunun tek ilhamı değilsin
kendimi keşfettikçe seni kaybediyorum
ve ufkuma sensizliği
korkusuzca geriyorum."

"Seni intihar ettim" isimli bu şiiri Murat'a okuduğumda, bana verdiği tepkiyi hiç unutmuyorum. "Vay be! Adam yazmış..." O şiiri benim yazdığımı çok sonraları öğrenecekti. Bir dergiye gönderdiğim ve unuttuğum bu şiiri, o kumral kız sayesinde bulmuştum.

Murat son günlerde çok dalgındı. Bir anormallik olduğunu sezinledim ama cesaret edip de soramadım ona. Neyse sonunda ne olup bittiğini bana kendisi anlattı.

"Dostum ben aşık oldum galiba!"

"Ne?"

"Aşık oldum."

"Emin misin Murat?"

"Bilmiyorum. Daha doğrusu hissettiğim şeyin aşk olup olmadığına karar veremiyorum."

"Kim bu kız?"

"Tanımazsın."

"Tanıt o zaman."

"Başka sınıftan. Kantinde karşılaşıyorduk. Sonra muhabbet oldu. Sonra aşk... Galiba!"

"Ulan, ne saman altından su yürüten adamsın sen ha! Hiç bahsetmedin bana."

"Eee, ortada birşey yoktu ki... Ne anlatsaydım?"

"Kıza söyledin mi?"

"Neyi?"

"Aşık olduğunu."

"Yok be oğlum! Ne söyleyeceğim. Kızın haberi yok hiçbir şeyden."

"Kendi kendine gelin güvey oldun yani?"

"Ya belki de anlamıştır bilmiyorum."

"Adı ne?"

"Aylin."

"Onu görünce midende yanma hissediyor musun?"

"Evet, galiba..."

"Ne demek "evet, galiba"; hissediyor musun hissetmiyor musun?"

"..."

"Neyse tamam, boşver bunu. İnsanın yaşadığı herşeyi aşk sanması yanlış bence. Belki sadece hoşlanıyorsundur. Ya da ne bileyim. Basit bir ilgidir senin ki..."

"Yok be dostum. Basit bir ilginin çok üstünde bu şey."

"Bence sen o kızı seviyorsun."

"Eee, biz ne dedik?"

"Sen aşktan bahsettin."

"Tamam işte. Aynı şey."

"Değil."

"Nasıl değil?"

"Aşk on saniye yaşar oğlum. Gerisi sevgidir onun."

"Bunu biraz daha açabilir misin aşk profesörü?"

"Tabi. Yolda yürürken, ya da otobüste, trende veya bir lokantada hiç tanımadığın birini görürsün. Hayatında ilk defa göz göze geldiğin o kişi midende bir yanma, hafif bir baş dönmesi yaratmışsa sende, işte o aşktır. On saniye sürer bu elektriklenme ve sonra yok olur. Zaten öyle bir hisle uzun süre yaşayabilmen fiziken mümkün değildir. Aşk, büyük ateşinin ilk kıvılcımını bırakır böylece. Geride yanan o büyük orman yangınına sevda denir. Sevgi böyle bir şeydir işte. Aşkın o büyük serüveni başlatmasını bekler, sonra iki kişilik bir yolculuğu başlatır hayatın ritminde..."

"Bu senin hangi şiirin?"

"Dalga geçme oğlum! Sana yardımcı olmaya çalışıyorum."

"Peki ben şimdi seviyor muyum Aylin'i?"

"Bunu bana mı soruyorsun?"

"Ne bileyim oğlum! Sen iyi anlıyorsun bu işlerden. Bu arada çaktırma ama senin bir şiiri ben yazdım diye verdim ona."

"Yapma oğlum öyle şeyler. Bir gün ortaya çıkarsa görürsün örekeni!"

Kafası biraz karışmış bir şekilde ayağa kalktı, mutfağa gidip çaylarımızı getirdikten sonra, hararetle tekrar sordu Murat:

"Şimdi benim kafama takılan bir şey var. Sevgi bir birlikteliği yürütebilecek kadar güçlü bir şey mi? Yani biz hep aşka anlamlar yüklemişiz ya..."

"Bak şimdi sana daha detaylı anlatayım. Sen arabalara, araba motorlarına falan çok meraklı bir adamsın. Benden çok daha iyi bilirsin o işleri. Sevdiğin bir şeyden örnek vereceğim sana. Aşkı bir buji gibi düşün. Bujinin görevi nedir? Motorun içindeki benzine ilk kıvılcımı atıp ateşlemeyi sağlamak değil mi? Hah şimdi gözlerin ilk buluşmasındaki elektriği, bujinin, motorun içine attığı ilk kıvılcım gibi düşün. Daha sonra içerdeki benzin yanıyor, küçük patlamalarla oluşan basınç, motorun harekete geçmesini sağlıyor. Bu sayede ilişki... pardon araba yürümeye başlıyor. Elbette ki zaman zaman araba yokuşlar tırmanıp zorlanacaktır. Bazen vites küçültmek gerekecektir. Bazen de biraz rölânti'de çalıştırmak. İlişkiler içindeki duraklamalar, coşmalar, zorlanmalar bunlardır ve bu çok normaldir. Bunu sevgi tolore edebilir ama aşk asla kabullenemez. Bu yüzden yerine "sevgi"yi bırakıp gitmiştir zaten. Aşk gibi üstün bir duygu için üstün bir ilişki gereklidir. İnsanoğlu bunu başaramaz. Herkes eksik yaratılır çünkü. Kusursuz olan tek şey; Tanrı'dır."

"Vay be! Hiç böyle düşünmemiştim ben."

"Herkes kavram kargaşası yaşıyor; çünkü insanlar aşk'ı, sevgiyi, hoşlanmayı, ilgiyi birbirine karıştırıyor. Kimsenin kafa yorup düşündüğü yok ki! Ne bulursa, önlerine ne konursa onu yaşayıp, o yaşadığı şeyi de aşk sanıyor. Bu yüzden de çabuk tükeniyoruz. İlişkilerimizde, küçük olaylara büyük kavgalarla yaklaşıyoruz. Hangi olaya, hangi kavgalarla yaklaşacağımızı öğrendiğimizde ise gecikebiliyoruz bazen. İlişkiler zedeleniyor. Sabırlar tükeniyor... Güçlü kalp, güçlü motor gerekiyor bize. Sonra bir gün kendimizi araba mezarlığında buluveririz."

Önce bir kahkaha attı Murat, sonra da "Acaba Aylin kaç beygir?" dedi. O gece ikimiz de çok güldük. Gecenin sonunda Murat en kısa zamanda Aylin'e onu "sevdiğini" söylemeye karar vermişti.

-3-

Zarfın üstünde bu kez başka bir isim yazıyordu: Aslıhan... Bu ikinci mektup, biraz daha özensiz yazılmıştı. Okumaya başladım:

"Gözlerini kapayıp yalnızlığına, öyle mi yazdın bu sözleri? Meğer ben harf harf yaşarmışım, koca bir kelime sanırken kendimi. Cümleye döktün içimi, cümlenin içinde... Oysa ben bir zamanlar yalnızlığa otururdum cümlenin içinde ve tek bakışın çürük ihtimaliyle diplere dalardım. Ölüme el uzatmak bellerdim aşkı, boğulmanın dalında. Aşkımın aslını arardım başkalarının şiirlerinde. Hanları bilmezdim, göz göz gezinirken bakışlarda. Ve yolculuğum kendi hanemde, bir gecenin karanlığında, senin sözlerinde bana ulaştı. Bir yerleşik yaşama geçtim, kent süsü verilmiş bu coğrafyada. Şimdi aslıma suret, aslına sıla bu ova" diye başlayan satırlar, beni yaralaya yaralaya devam ediyordu. Mektubun özellikle "kendini kentinden sürgün eden İstanbul" diye devam eden kısmı, bana çok acı gelmişti. Kendimi sayfalarca yazsam, bu kadar iyi ifade edemezdim. Hem çok etkilenmiş, hem de merak etmiştim. Çıldırmamak işten değil!

Kim bunları kapımdan içeri atıyor? Kalkıp bir sigara yaktım ve okumaya devam ettim:

"Aşk bitti-aşk öldü ikilemi arasında gidip gelen İstanbul; bitmiş kentinden, ölmüş bir şehre yasal yollarla firar etti. Hüznü yollara savrulur, kederi başka bir şehrin diline çevrilemez sanıyordu. Mevsimini olduğundan fazla yaşayan bu şehir, kendine iç karanlığını unutturacak kargaşadaydı.

Adımlara dar gelen kaldırımlar, saniyelik bakışmalarla büyük aşklar yaşamayacak kadar uzun vadeli yenilgiler isteyen insanlarla doluydu. Yan yana yürümenin yalnızlığı, tesadüf karşılaşmaların yapaylığı vardı yollarda. İstanbul, bu yüzlere bakarken konuşabileceği kimsenin olmadığını düşündü. Başka bir şey de almamıştı yanına. Bu iç cezasına bir tanık istemiyordu. Bu; kimli bir şehirde, kimsesiz dolaşmak doyurmuyordu ceza çekme isteğini. Suçunu, suçsuzluğunu kaçarak kanıtlayabilirdi ancak ya da belki...

Suçu, suçsuzluğu sözlerini bilmediği bir şarkıdaki gibi, sadece yüzü görünen bir ay'a şarap sunmaktı, aşk niyetiyle. Saçlarının beynine batmasını, kirpiklerinin gözlerini oymasını istiyordu. Oysa sadece yürüyordu.

Bir ara, bir sinema önünde durdu. Afişlere baktı, bekleyenleri izledi. On yedi seansında, sevdiğinin solunda olduğunu bilerek ve onu solunda hissederek, elleri ayrılıksız bir sevgili oturuşunda, bir Amerikan filmine gözlerini kapamayı bekliyorlardı. An'a sızıp kalmayan anıları hatırlamak için yaşandığı mekanlarda olmak gerekmiyordu. Başka bir şehirde, küçük bir sinema önü de, ona, buluşma öncesinde duran, ki sonrasında hızına yetişilemeyen, zamanların unutulmazlığını hatırlatmaya yetiyordu.

İstanbul, kaç buluşma heyecanı yaşamıştı! Ya da aşkın tamamı durmayan bir kalp atışı mıydı ve yitirildiği yerden mi kopardı aşk? Bütün tanımlar geriye isimsiz-sahipsiz bir aşk bırakmıştı. O da; üç harfi, yedi kelimelik bir tanıma dökmeyi başaramamıştı. "Aşk bitti" diyordu. Huzurlanıyordu. Bitmişti işte. İstanbul olmak engel değildi belki terk edilmeye ama yaşanabiliyordu da geride.

"Aşk öldü" diyordu; yas tutunuyordu kirpikleri. Sözleri matemle titriyordu. Ölüm aşkta da olsa kaldırılması zor bir cenaze oluyordu. Aşkın ahvalinden ellerine uzandı elleri. Kaç yaşındaydı? 550 mi? Yoksa şairin ömrünün yarısı kadar mı? Cürmüyle aynı boyda mıydı hayatı ya da 13 mü bulunurdu kendinden çıkarılsaydı bu şehrin yaşı? İstanbul'du ve yaşı kimliğine sıkışıp kalmıştı. İnsan zengini, boğazı temiz yakalara yaslanan, tarih soylusu, aslı her daim zade, çıkmaz bir sokağı bile şiirlere dize olan İstanbul; şimdi ismini bilmediği bir caddede "kent yalnızını", "yitik bir adresi" oynuyordu beceriklice ve serserice...

Bağrına girip çıktığı bu şehir neresiydi, kimdi? Kendisinin, İstanbul oluşunu tanıyan biri çıkar mıydı?

Yol yorgunu gözleri kızarmıştı ve keskin yeşile dönmüştü. Dalga geçer gibi teselli etti kendini: "Ey İstanbul, seni mavi gözlü bilirler, şimdi bu yeşil bakışlarla nasıl tanısınlar?" Şehrin doğusuna mavi bir yılan gibi çöreklenmiş nehrin kıyısına vardı. Gel-gitlenen suya inat, durgun gözlerde, aksinin aslına baktı. Birden Haliç sızladı solunda. Bu, bir ihanet miydi? Başka sular da yansıyabilir miydi yüzüne, yansımalı mıydı? Nereye gittiği sorulan gemilerin ve martıların yokluğunu fark etti.

Vazgeçeli çok olmuştu ve fark edilmeye daha zaman var mıydı? Ardındaki sokaklara doğru İstanbulluluğunu unutup yürümeye başladı. Bu konumunu anlık zamanlarda unutsa da gözleri, çok kapılı dar sokağın terk edildiği yerinden, saç telleri ağarıyordu. Şimdi kendini terk etmiş olsa da, gittiği her yerde, terk edilmişliğinden izler olabilirdi, yanında yöresel merhemiyle.

O İstanbul'du ve aşık olmuştu. Saçları savurmaya gücü yetmeyen ama bir yürekteki küçük bir alevi diğerine yangın yakıcılığında sıçratan, yönsüz bir rüzgârda (hatırlamak kaçıncı kez) aşık olmuştu.

Geçmişin şanlı tarihinden, şu anki görkemine aşık gönüllerin, kavuşma isteğinden günler çalıyordu geleceğine... Belki olur diye... gizli, mavisiz umutlarla hazırlık yapıyordu gelebilirliğine... Anlamıştı... o, hayatına gelmemek için ya da gitmek için girmişti.

Sonunda, dar sokaklarına küçük gelen bir aşkla her kapı aralığında karşılaşmaktansa, -içinden de terk edemediğinden -kendini sürgün etti kentinden İstanbul. Gidiş her yereydi; gidiş hiçbir yereydi. Dönüş kendine olacak olduktan sonra. Ne zaman sormuş, nasıl gelmişti hatırlamıyordu bu şehirlerin özeti otogara. Kendisi gibi yüzler aradı, kentliğine gidecek olanlara baktı. Tanımıyordu hiçbirini. "Kalk İstanbul!" dedi. "Yaşam, aşkın olduğu yerde, içinde kaldıktan sonra o, o gittiğin her yerde... Aldığın son nefesi hâlâ içinde tutuyorsun, farkında mısın? Ancak sen'de verebilirsin son soluğu, son sonbaharında, sana ölüm var sanıyorsan eğer.

Bir çığırtkanın umut dağıtır gibi, kavuşma garantili sesine bulanıp bilet aldı. Yüzlerinin ayrılık tarafını cama yaslayan; vuslat tarafını koridora çevirenlere, onlar gibi yaparak; kendine, kentine, kendiliğine doğru, aslına yaraşır bir asillikle yolculuğa durdu. İstanbul, İstanbul'a gidiyordu. Herkes biliyordu ve kimse inanmıyordu sevdalı olduğuna. Dönüşüne bir şiir kattı, şiirine gece, gecesine mavi... İstanbul, İstanbul'a gidiyordu şimdi."

Mektup bittiğinde sanki bir uykunun kollarından kendimi kurtarmaya çabalarken, yere düşmüş gibi oldum. O'na içimden, yine onun satırlarıyla cevap verdim:

"Korkaklığımı zifiri bir karanlıkla örterek yazıyorum her şeyi. Suçlu yüzümü, güçlü ifadelerle maskeliyorum. Ben'den olmayan bir kibirle, kusarak savunuyorum ben'i. Hak ettiğim

haksızlığıma beraat bekliyorum. Yani 'acizim', yani 'hatalıyım'... 'Evet suçluyum!' dememek için, yalanca susuyorum ve tek renk bir müziğe, serseri sözleri ortak koşuyorum.

Deniz aşırı bir kasabada su katılmamış bir hayat, su berraklığında ama sudan bahanelerle araya nehirler yarmayan ve yaşartmayan sözler istiyordum! Hayat tecil edilirken, kasaba il oldu; deniz gözlerimden taştı. Bahaneler sudandı ama aramız nehirlerde boğuldu. Sözlerimin feri söndü, fire verdim cümlelerde. Cümle içinde yarım kaldım, sayfaya dökülemez oldum. Paha biçilebilir evredeki üniformalı yalnızlığımın apoletinde yeni bir yıldız istiyordum!

Yalnızlık, yeni bir konuşma biçimim oldu. Yalnızlığım, yan tarafımdı; yeri geldi, o da gelmez oldu. Ben bana kaldım. Kendime hükmettim rütbesizliğimle. Hükümsüz yalnızlığımı, yıldızlar arasında kaybettim. 'Her yara tende bir iz için, hatırlanması yasak bir giz için kabuk bağlar.' Bir kabuk bağlasa, çözeceğim yaratanları. Ben yaralarıma merhem değil, çocukluk sorularıma hümanist cevaplar istiyordum!

Zayî ettim evvelimi. Bâtın âhirlere zâhir hayaller kurdum. Çocukluk sorularıma, ucuz Freud bilgilerimle cevaplar buldum. Yaralarımı, özedönük zekamla sardım. Yaratanları aramadım. Her şeyi, kanın akış yönüne bıraktım. Sılayı gurbete takas eden ve menzili zorlayan-sollayan yollara açılan; gizi-gizemi içinde yolculuklara çıkılan ve ara açan dar geçitler istiyordum!

Aralardan geçtim, yolda kaldım. Ulaştığım yollar çekildi ayaklarımdan.

Vuslatı belli yolculuklarım, "şehirlerin özeti" otogarlara asılı kaldı. Yolsuz ve yolcusuz yolculuklara, içimde çıktım. Ben kendimi, içimde kaybettim. 'Buhran, dilimin kemiğini kırdı ve yamacına sığındığım efendi'lere, yarınsız sözler söyledim makamında.' Er'meden evliya oldum, çatmadan derdiğim dergahımda, 'bende'liğim'... suçumla aforoz edildim. Akıbetim kendime bırakıldı. Kardeş katline vacip gitmedi; sofuluğumun desturuyla yok saydım Fatih'in fermanını ve şimdi, her gün öldürüyorum aslımı.

Perva vaat eden dizelerle dize gelmeyecek kadar dizginsizdim de şimdi, satırlayarak her bir harfimi, kendi şiirimde dizeleniyorum. Adımın iki parçalığı, doğuştan parçalanmışlığımın kanıtıymış da, ben, kısaca'lardan gidersem daha uzunca kalırım akıllarda ve ön ad yoksulluğum eksilir 'sanıyormuşum' sadece...

Kaç kişi adından kaybeder hayatını? Adını söyle öyle sus! Susmasam, sonra'mda neyi söyleyeceğim ki? Sekiz harflik adım, sekiz ayrı dile çevrilse bile, anlatıyor önce'mi. Adını söyle öyle sus!"

-4-

Dört yıl boyunca beraber yaşayacağımız bu hayatın içine onca ayrıntıyı ve anıyı sığdırabileceğimiz, ne Murat'ın ne de benim aklıma gelirdi. Şimdi duvarlarındaki hüzne kısık gözlerle baktığım bu evde ne kadar çok şey paylaştığımızı düşünüyorum.

Burada ağladık. Burada güldük. Paramız olmadığı için yiyecek alamadığımız ve aç yattığımız günler oldu. Yakacağımızın olmadığı soğuk kış gecelerinde, birbirimize sarılarak uyuduk. Eve geç gelişlerimizde, penceremizin önüydü nöbet tuttuğumuz yer... Birbirimiz için kavgalara girdik. Bu evde temizledik yaralarımızı. Hasta olduğumda bana ilaç bulup getirdi. Sabaha kadar başımda bekleyip, defalarca atletimi değiştirdi. Beraber evimizi temizledik. Beraber kirlettik. Zaman zaman Aylin de katıldı bu derbeder halimize. Vize ve finallerde üçümüz beraber, sabahlara kadar ders çalıştık.

Bazı geceler sabaha kadar Araz'a mektup yazardım. İkisi de başıma dikilir, "Vay bee! Hem şair hem aşık olunca insan, sabaha kadar yazar tabii" derlerdi. Sonra Aylin Murat'a sataşır, "sen bir kere bana "Aylin'ime" diye başlayan mektup yazmadın" derdi.

Murat, Aylin'le yaşadığı aşkın ardından kimseyi öyle sevemedi. Ve kimse için bir daha hiç ağlamadı. Evimizi temizleyen, arada bir yemeğimizi yapan, güler yüzü ile en mutsuz anımızı bile bir şölene çeviren Aylin, Murat'ın hayatına hiç gitmeyecekmiş gibi girmişti ama ummadığımız bir anda hiç dönmeyecekmiş gibi gitti... En mutlu oldukları bir zamanda, bir veda notuyla kayboldu ortadan. Sanki hiç olmamış gibi... Benim can dostum bu gidişe anlam veremeden ve ne olduğunu anlayamadan, yaşadı sayrılı gecelerini. Yanında hep ben vardım.

Mantıklı bir insanın duygularına yenilişini görüyordum ona baktıkça... Oturup, hep beraber güneşin batışını seyrettiğimiz kayalıkta, Murat ile baş başa hiçbir şeye bakmadan sessiz durduk. Günlerdir ağlamaktan kızaran gözlerindeki hüzün içimi acıtıyordu. "Şimdi içimdeki bu boşlukla ben yaşayabilir miyim sence?" diye sormuştu bana. "Aşk sana sormadan, senden izin almadan geldi ve içine yerleşti. Orada bir boşluk yoktu ki şimdi olsun" dedim. "Aşk kendini oraya yerleştirdi ve şimdi gitti. O boşluk dediğin yerde kalan şey sadece acı. Onu yaşamalısın. O da giderse asıl boşluk o zaman başlar. Elbet o boşluk yeni bir aşk gelip oraya yerleşene kadar acıyla dolu olarak kalacak" diye cevap vermiştim ona. Dostumun o boşluğu hiç dolmadı. Yeni bir aşk hiç uğramadı ona... Yalnız ve acı dolu yaşadı hayatı. Tutunamadı hiçbir aşka...

Okulumuz bittiğinde ikimiz de İstanbul'da kalmak istedik. Bu büyülü ve acımasız şehre karşı birlikte mücadele etmeye karar verdik. Ben hayalimdeki gibi yazar olacaktım. O da kafası ticarete daha iyi çalıştığı için bir kafe açıp, para kazanacaktı.

Ev sahibimiz Davut amca çoktan ölmüştü. Kira işlerine artık oğlu bakıyordu. Biz de ayrı ayrı evler tutmaya karar verdik. Daha doğrusu bunu ben istedim. Yazmak için yalnızlığa ihtiyacım vardı. Murat ne kadar ısrar etse de beni fikrimden caydıramadı. Gerçi Murat, Aylin'in hatırasını yaşattığı bu evden çıkmamak için uzun süre direndi ama ev sahibinin oğlu ısrar edince çıkmak zorunda kaldık.

"Kitaplarını yükledin mi arabaya?"

"Ha? Pardon Murat. Duvarlardaki hüzne dalmışım."

"Asıl üzülmesi gereken benim be oğlum!"

"Ya ne bileyim işte bir hüzün kapladı içimi."

"Bu evi biliyorsun. Bizim ilk göz ağrımız burası."

"Biliyorum."

"Kolay olmuyor anıları geride bırakmak."

"Ben geride bıraktıklarımı da hep yanımda taşıdığım için sorun olmuyor."

"..."

Son kalan eşyamızı da kamyona yerleştirdikten sonra dört yılımızın geçtiği bu evden koparcasına ayrıldık. Yeni evlerimiz birbirine çok uzak değildi ama asıl uzakta kalan şeylerle aramızdaki mesafe hiç kapanmayacaktı.

Yeni evlerimize taşınalı 3 yıl olmuştu. Murat istediği kafeyi açmış, bense ilk şiir kitabımı çıkarmıştım. Hatta bununla da kalmayıp yeni bir öykü kitabı yazmaya da soyunmuştum. Daha sonra, Murat'ın ısrarlarına dayanamayarak onun evine taşındım. Bu benim için de iyi olmuştu. Çünkü kitaplardan gelen yetersiz parayla kiramı bile ödeyemez hale gelmiştim.

Boş zamanlarımda kafeye gidiyor, dostuma yardım ediyordum. Çok büyük paralar kazanamıyorduk. Zaten öyle bir hedefimiz de yoktu. Mekanımızın adı "Cafe Deep Not"tu. Beraber bulmuştuk bu ismi. Daha çok öğrencilerin takıldığı bir mekan olmuştu kafemiz. Müşterilerimizle arkadaş gibiydik. Neredeyse isim isim biliyorduk hepsini. Küçük ama çok sıcak bir ortam hazırlamıştık onlara. Bizi öyle çok seviyorlardı ki, kalabalık günlerde herkes yardım ediyordu.

Bazıları kahvelerini kendileri alıyordu. Parası olmayanlardan hesap almıyorduk. "Canın sağ olsun... bir sonrakine ödersin" en geçerli cümlemizdi. Akşam olunca arka tarafa geçiyor, biriken bulaşıkları beraberce yıkıyorduk. Hem de günün kritiğini yapıp dertleşiyorduk. Evi otel gibi kullanıyor, sadece uyumaya gidiyorduk. Ben haftada bir iki gün yazmak için kalıyordum. Hayatımın en mutlu günleriydi. Hiç unutamayacağım bir yığın anı ve ayrıntı.

İkinci kitabımı da çıkardıktan sonra kendime hatırı sayılır bir okuyucu kitlesi oluşturmayı başarmıştım. Okuyucularımın buluşma yeri "Cafe Deep Not"tu.

Uzun sarı saçları, bembeyaz teni ve gözlerinde sürekli taşıdığı bir tedirginlikle, her akşam aynı saatte kafeye bir kız gelmeye başlamıştı. Tek başına gelen bu kızın gizlice beni süzdüğünü çok sonra fark ettim. Bir akşam yan masalardan birinde koyu bir sohbetin içindeyken, benim kitabımı okuduğunu gördüm. Bu, bana onunla konuşma fırsatı yaratmıştı. Yavaşça masasına doğru yaklaşıp, oturmak için izin istedim. Gözlerinde beliren bir sevinçle "Beni mutlu edersiniz" dedi ve eliyle tam karşısındaki sandalyeyi işaret etti. Kendimden emin bir şekilde oturup, gözlerinin içine baktım. Bana gülümseyerek "Şiirlerinizi çok beğeniyorum" dedi.

"Teşekkür ederim. Çok iyi sayılmazlar ama beğeneni bir hayli fazla."

"Ben sizi yeni keşfettim aslında."

"Zaten ben de çok eski değilim. İsminizi sormamda sakınca var mı?"

"Melek."

"Şimdi size, aynı isminiz gibisiniz desem çok klişe olur değil mi?"

Gülümseyerek "evet" dedi. Yaklaşık bir saat kadar sohbet ettik. Altunizade'de, büyük bir alışveriş merkezinde çalıştığını, Maltepe'de ailesi ile birlikte oturduğunu ve işinde çok başarılı olduğunu anlattı. Kitabımı tesadüfen bir kitapevinde bulduğunu ve okuduktan sonra bana ulaşmak istediğini söyleyince, izimi nasıl bulduğunu sordum. Bana, yayınevimi aradığını, ona burada beni bulabileceğini söylediklerini anlattı. Konuşurken sürekli gözlerimin içine bakıyor, bunu fark ettiğimi anlayınca gözlerini kaçırıyordu. Elleri devamlı hareket halinde ve heyecanlı bir biçimde konuşuyordu. O akşam çok mutlu bir şekilde ayrıldı kafeden. Uzaktan bizi izleyen Murat yanıma geldi ve "İçimden bu kızın sana Araz'ı unutturacağına dair bahisler geçiyor, ne dersin?" dedi. Benim de içimden çok konuşmaması gerektiğinin geçtiğini öğrenince omzunu silkerek yanımdan uzaklaştı.

Ertesi akşam Melek yine geldi. Saatler süren sıcacık sohbetimizin ardından eve geç kalacağını söyleyerek, aceleyle çıktı. Onunla konuşmak beni rahatlatıyordu. İçinde büyük sırlar taşıdığına inanıyordum. Onu merak etmeye başlamıştım. Her akşam yolunu gözler oldum. Bir akşam masalardan birine oturmuş, kalabalık bir guruba şiirler okurken, arka masaların birinden beni izlediğini fark ettim. Sırtım kapıya dönük oturduğumdan, geldiğini görmemiştim. Gözlerinde kıskanç bir ifade yakaladım. Yanına gittiğimde biraz soğuk bir şekilde konuştu benimle. Dakikalar ilerledikçe, bu soğukluk yerini hüzne bıraktı.

Susuşlarıyla dolu bir akşamdı.

O akşam ilk defa çok özel şeylerden bahsetti bana. İçinde sakladığı kendinden... "Bazen hayatın çok hızlı aktığını duyumsarsın. Ve bu hayat denizinde 'ne' olduğunu düşünürsün. Kalabalık bir otobüs durağında, en köşede kalmış olansındır. Hiç fark edilmeyen... Kaldırımlarda hızlı hızlı yürürken, dönüp kimsenin bakmadığı... Hakkını ararken sesi en kısık çıkan... Hep seven ama hiç sevilmeyen... Kimsenin her şeyi olamayan... Bazen tünelin ucundaki ışığa doğru yürürken arkadaki girişin çoktan kapanmış olduğunu bilemezsin. Geri dönüş yoktur ve ışık hep senden uzaklaşır... işte böyle! Hayatın figüran rolü verilmiş biriyim ben" dedi ve gitti. O hafta hiç uğramadı kafeye. Gece Murat'a anlattım olayı. "Sana ilgisi var işte oğlum anlamadın mı" diye sordu. "Anlamadım" dedim. Saklamak istedim hissettiklerimi.

Yine aklıma Araz gelmişti. Bu koca şehirde ben çok değişirken, onun o sahil kasabasında hiç değişmeden kaldığını duyumsuyordum. Kendini değiştirecek her şeyden koruyabilme yeteneğine sahip ender insanlardan biriydi o... Bense savuran her rüzgâra bağrını açmış bir tutunamayan...Onun güçlü karakterine hayran olan ama onun gibi olabilmek için fedakarlıkta bulunamayan bir tutunamayan!

Mektup yazmayı giderek seyrekleştirdiğim günlerdi. İstanbul aklımı başımdan almış, yerine tanıyamadığım bir ben koymuştu. Ona telefon edip sesini duymayalı aylar olmuştu. Kendimi suçlu hissediyor ama bu suçu ortadan kaldırmak için hiçbir şey yapmıyordum. Kendimle kendimsizlik arasına sıkışıp kalmıştım. Kendimden uzaklaştıkça, kendimi tanıyamıyor, yeni kendime de alışamıyordum bir türlü. Bir başka kendim olmak değil; kendimsizleşmekti korktuğum...

Ben sadece onun kahramanıyken, şimdi yavaş yavaş herkesin kahramanı olmaya başlamıştım. Sadece bir kişiyi ve bir kişiye yazarak, herkesin olmak tuhaf bir duyguydu. Yalnızca onu anlatırken, herkesin seni sahiplenmesi ve herkesin sende kendinden bir şeyler bulması ama senin kendini "sadece" onda anlamlandırman garip bir kaos yaratıyordu.

Yazar olmak; duygularını satmak, sır fahişeliği yapmak gibi geliyordu bana. Yazdığım her kitapta etrafım biraz daha kalabalıklaşırken, ilham kaynağımı çıplaklaştırıyordum. Yazdıklarımı alkışlayıp benim ilham perim yerinde olmak isteyen ve o ilham perisini ulaşılmaz gören kalabalıklar, o periyi öldürdüklerini bilmiyorlardı. Herkesin kendinden bir şeyler bulduğu şiirlerimin varlık nedeni ellerimden kayıp gidiyordu.

Tam da o günlerde Iğdır'ın bir köyünden, beni hiç tanımayan bir kız, hiç unutamayacağım bir mektup yazmıştı. Ayşenur Can isimli bu kız; şöyle diyordu uzun satırlarında:

"*...bir de şu var; siz şairler, duygularınızı isimlendirmek konusunda bir beceriye sahip olduğunuz halde ve başkaları sizin sözlerinizle kendi sözsüzlüklerine çareler bulduğu halde sizler yani şairler neden hep kaybedersiniz, neden en içten gülüşlerinizde bile gözlerinizle ağlarsınız? Ve en ilginci karşınızdaki insanlar, ki çoğunlukla kadınlar, neden sizin ne değerde olduğunuzu okurunuz kadar bilmez?..*" Ve devam ediyor mektup; "*...sizin adınıza şunu çok merak ediyorum: Hayatınızın en derin çıkmazlarını, ya da çare yoksunu olduğunuz zamanlarınızı, yazıya dökerken, benim dediğiniz sözcüklerin, adını duymadığınız, yüzünü görmediğiniz insanların dünyasına girmesi, sizi ürkütüyor mu? Ya da kendinizi açıkta kalmış olarak, sır'sız kalmış olarak hissediyor musunuz?..*"

Bu mektubu Murat'la defalarca okuduk. Ayşenur'u merak ettik. Ve onu çok tanımak istedik.

O uzak sahil kasabasında, rüzgâr tepesinde denize doğru yabancı rüzgârlar esiyordu şimdi. Bana bunca yazdıran şimdi yalnız ve acı çekiyor. Yeşil çimenlere uzanıp gökyüzünü seyrettiğimiz günler geldi aklıma. "Biliyor musun, sen olmasan yazamazdım!" demiştim. O da bana şöyle bir hikaye anlatmıştı: "Bir adam çok sevdiği bir kadına şiirler yazıyordu. Sonra o kadın ansızın onu terk etti. Adam kadının ardından şiirler yazmaya devam etti. Daha çok yazdı. Ve günün birinde çok ünlü bir şair oldu. Yıllar sonra kadının yaşadığı kente gitti ve büyük bir şiir dinletisi sundu. Dinleti bittiğinde kadın kolunda kocası ile çıkışa geldi ve adama "merhaba" dedi. Adam ona sıradan bir insana bakar gibi baktı. Kadın, "Beni tanımadın mı?" dedi. Adam, "Hayır tanımadım" dedi. "Nasıl tanımazsın! Uğruna şiirler yazdığın kadınım ben. Seni şair yapan kadın." dedi kadın.

Adam kadının gözlerine baktı ve şöyle dedi: "Keramet sende olsaydı, o kolundaki adam da şair olurdu..."

Sustuk. Uğruna yaşadığım ne varsa, hepsini bilir; ama beni onurlandırmak için hiçbir şeyin farkında değilmiş gibi davranırdı. Yine kendimi bir yığın ayrıntının içinde bulmuştum.

Ertesi hafta Melek, kafeye bir arkadaşıyla geldi. İlknur... İncecik bir kızdı İlknur. İzmirli olduğunu söyledi. Söylemese de belli oluyordu zaten. İzmirli kızların neden bu kadar güzel olduğunu hep merak etmişimdir. Yüzünde taşıdığı gizli bir hüzün vardı. Melek, arkadaşının bir sorunu olduğunu ve bana danışmak istediğini söyledi. Büyük bir zevkle yardım edebileceğimi söyledikten sonra kısa bir süre sustuk. Kahvelerimizi yudumlamaya başladığımızda, yavaş yavaş dili çözüldü İlknur'un. Konuştukça açıldı ve sonunda her şeyi anlattı. İlknur, evli bir erkeği seviyordu. Aralarında yasak bir ilişki vardı. Kısa zamanda iyice bağlanmıştı sevdiği adama. Fakat bir şeyler yolunda gitmiyordu. İlknur, adamın bir başkasını sevdiğinden şüpheleniyordu.

"Yani karısından hariç bir başka kişiyi mi seviyor?"

"Etrafında çok kadın var. Hangisi olduğunu bilemiyorum ama içgüdülerim onun başka birini sevdiğini söylüyor."

"Sence onu bu kadar kıskanmalı mısın?"

"Nasıl yani?"

"O zaten sana ait değil ki?"

"Biliyorum. Ama çok tuhaf. Onu karısından kıskanmıyorum. Başkalarından kıskanıyorum."

"Peki bunu ona söyledin mi?"

"Evet."

"Nasıl karşıladı?"

"Aslında pek bir anlam veremedi buna. Yani birilerini kıskanacaksam, bu kişinin karısı olması gerektiğini söyledi.

Bunun dışında kalan kişileri kıskanmamın çok anlamsız olduğunu söyledi."

"Peki karısından başka kişilerle ilişkisi olduğunu kabul etti mi?"

"Hayır. Böyle bir şey yok dedi ama ben yine de onu çok kıskanıyorum."

Kahvesinden bir yudum daha alarak Melek'e baktı. Melek onun elini tutarak, "Üzülme arkadaşım. Ben yanındayım" dedi. Sonra bana dönerek, bu durumun ne olduğunu sordu. "Kadınlar evli birini sevdiklerinde, kendilerinde şu hakkı görüyorlar: Eğer karısının dışında birini sevecekse, bu kişi öncelikle ben olmalıyım... Erkekler bunu anlayamazlar. Yani, 'Zaten evliyim. Neden bu kıskançlık' diye düşünürler." dedim.

İkisiyle de uzun uzun sohbet ettik. Daha sonra İlknur, müsaade isteyerek ayrıldı. Kapıdan uğurlarken, bu ilişkinin her ikisine de zarar vereceğini ve her şeye rağmen bitmesi gerektiğini söyledim. Ela gözlerinde yaşlar toplanmaya başlamıştı. "Teşekkür ederim" dedi ve gitti. Yine Melek'le baş başa kalmıştık. Ona bakarken Araz'ın hiç aklıma gelmediğini fark ettim. Daha önce de yaşadığım sevdaların içinde hep "o" vardı. Ama bu kez başka türlü bir şey olacağını sezinliyordum. Sanırım yıllar sonra yeniden aşık olmaya başlıyorum. Böyle zamanlarda çok üretken oluyorum. İçimden sürekli yazmak geçiyor. Sanırım yüreğimin unuttuğum yerleriyle yeniden tanışmaya başlıyorum.

On beş gündür kafeye uğramıyorum. Evde sürekli yazıyorum. Böyle zamanlarda Murat bana hiç karışmaz. Dünyada onun kadar anlayışlı başka biri var mıdır bilmiyorum. O benim hayattaki en büyük desteğim. Birden içimden dostumun en sevdiği yemeği yapıp, onu mutlu etmek geldi. Hemen telefon ettim.

"Dostum bu akşam erken kapat."

"Niye?"

"Sana en sevdiğin yemeği yapıyorum."

"Karnı yarık?"

"Evet."

"Sen harikasın ya!"

"Gelirken ekmek bul bir yerlerden."

"Tamam dostum."

Bir saat sonra, salata ile birlikte nefis bir sofra hazırlanmış, Murat'ın gelmesini bekliyordu. Evin bir köşesinde oturmuş, Melek'i düşünüyorum. Saf ve masum yüzü geliyor aklıma. Tam o sırada kapı çalıyor. Elinde bir somun ekmekle içeri giriyor dostum. Ekmeği dilimlerken, Murat banyodan sesleniyor. "Posta kutusuna bakmamışsın?"

Bana bir mektup geldiğini anlıyorum. "Okuyucu mektubu mu?" diye sesleniyorum. "Hayır. Araz'dan..."

O an öylece duruyorum. Gözlerimde bir hüzün beliriyor. Ve yeniden Murat'ın sesi. "Montumun iç cebinde. Alabilirsin."

Uzun zamandır onun mektubuna dokunmamıştı parmaklarım. Hiç beklemediğim bir şeydi bu... Yemekten sonra odama çekildim ve titreyen ellerimle açtım mektubu. Satırları beni ne hale getirecekti kim bilir...

"İntiharlardan ölümsüz, ihanetten ölümlü yüreğim, senzede acılarla küçüldü yine; bu gece, dün gece, gecelerce...

Oysaki çocuk sesleriyle sakinleşen bir yaşamın kıyısındayken ve yankılarımda yakamozlar biriktirme telaşesindeyken başlamıştı her şey. O zamanlar, umudun kırık aynasından bakıyordum yarınlara. Her kırık parça, anımı karartıp, anılarımı kırmızıya boyuyordu. Gülüşlerim, neşeli baharları barındırıyordu içinde. Aşk, usanılası hayatların, tekil sevinciydi gönül lügatimde.

Sevmek ve sevmemek arasında say ederken adınla nefes alabilen bir beden bulmuştum ayak ucumda. Nöbetine orduları çağıran bu serüvende, çok figüran girdi yaşantımıza. Denklemine bir bilinmeyen ekleyecek kadar iyi tanıyorduk bu hayatı ve beklemeyecek kadar iyi biliyorduk, geçen yılların yalanlarını. Çok uzak mekanların beraberliğinde yol alıyorduk aşk'a. Ama şehirlerarası büyüyen bu sevda, er geç vuslata erecek sanıyorduk. Ve ben, sana uzak yıldızlardan, en yakın parlaklıklar biriktiriyordum güncemde.

Zaman geçtikçe kazınan, kazındıkça kapanan bir yaranın iki ucunda kanıyorduk ama kan kaybeden ve acil yaşlar döken hep ben oluyordum. Sana gelmenin adıydı 'gitmek' ve ben her gelişimde, vardiyası vurgun hiçliğime gidiyordum kendimden. Senin gemilerin yanaşacak rıhtım ararken maviliklere, ben seferler düzenliyordum; seyyah gençliğin, rıhtımsız, limansız ve gemisiz esirliğine.

Oysa ben sana baharın aydınlığı kadar saklanmıştım ve sana yalansız yanışlarda susamıştım.

Gülüşün ağlatırken kadınlığımı, ben çocukluğuma giderim. Orada yoksun ve olmayışına kefen sarabilecek kadar, kundaksız bir sevda artığından geldim. 'geldim' diyebilmek içinse, çocukluğumu öldürebilecek kadar senindim.

Yüz gece, yüz yerden, yüzüme usturalar düştü. Her izde bir yüz kaldı. Kalan her izde anılar yüzdü. Acılar gözümden yüreğime düştü; izler gecelerime gizler doğurdu... Bu dört duvar, bu sensizlik her gün biraz daha uzun. Kapımda bekleyen umut dolu bahar bile sensiz içime sığmıyor. Yakın infilaklar sokağında, uzak isyanlar dolaşıyor. Şehir sıcak, kent soğuk. Caddeler, mahşer yalnızlığıma sahiplik yapamıyor ve tüm sahipler iyi bir oyunun kabir azabında baş rolleri oynayamıyor. Perde inmiyor, sahne kapanmıyor...

Beni benden ayıran, beni bana ayartan sevgili! Henüz karşına çıkmadan, karşı çıkmadan, kayıp gittin, kaybedip gittin. Küfür gibi kanayan bu yaradan yangınlar doğuyor. Alev alev sönüyor, cayır cayır susuyorum. Sana ait ne varsa yakıp yıksaydım keşke diyorum. Ne çare gücüm yetmiyor. En büyük sevgiler geçiyor yanımdan, bakamıyorum. 'kendini intihardır bu' diyorlar, diyenlere de bakamıyorum.

Seni bilmeyenlerin bilmelerine 'sen' ekleyemem ki! Kapılarımın ilk açılışıyla kapandığını hangi kelime koynunda söyleyebilirim ki! Anlamını kaybeden cümleler arasında, silik bir bekleyişte tükeniyorum. Her tren, her otobüs gidiyor ben kalıyorum. Ya da her tren, her otobüs ve her kırlangıç kalıyor ben kanmıyorum...

Şimdi sen, bunca cümlenin ardında neler var, her zamanki gibi bilme! Sadece, sadece beni bana ver artık ve peşinden sürükleme... Peşinden sürüklenmek adına son kez, bu sürüklenmeyi bitirmek adına ilk kez; İstanbul'a geliyorum!"

Elimdeki mektupla kalakaldım. Onu bu şehirde görmek. Ona dokunmak. Acı bir bedel ödetecekti bana. Odamdan dışarı çıktım. Murat salonda oturuyordu ve kaygılı gözlerle beni izliyordu. Masadaki paketten bir sigara aldım. Dostum, sigaramı yakarken dışarı çıkalım teklifinde bulundu. Sahile indik. Hasır'da oturup, birer çay söyledik. Söze Murat başladı.

"Ne yazmış?"

"Buraya geliyor."

"Ne?"

"Buraya gelecekmiş."

"Ne zaman?"

"Bilmiyorum."

"Sen hâlâ onu seviyorsun."

"Bilmiyorum. Daha doğrusu bu anlamda bilincimi kaybettim."

"Aşk bir bilinç kaybı değil, kaybın bir bilincidir" demez miydin sen?"

"Darmadağın oldum Murat. Ne yapacağımı bilmiyorum."

"Her şey iyiye varır elbet. Sıkma canını. Hele bir gelsin Araz'ın..."

"Gelsin."

O gece sabahladık Murat'la. Dostum her zamanki gibi yine yanımdaydı. O olmasaydı, o gecenin sonu ne olurdu bilemiyorum.

Sabahın erken saatleriydi. Murat'la otogardaydık. Mektubu elime ulaşalı tam on sekiz gün olmuştu. On sekiz günde belki on sekiz bin defa okumuştum satırlarını. Melek ise bana ne olduğunu anlayamadan sıyrılıp gitti hayatımdan.

Onu bu şehre getiren otobüs tam önümüzde durdu. Kapı açıldığında ilk o indi otobüsten. Gözlerim çakılıp kalmıştı üstüne. Hiç değişmemişti. O an kulaklarımdaki bütün seslerin silinip gittiğini hissettim. Ağır adımlarla ona doğru yaklaştım. Yanımdaki dostumun ne dediğini duymuyordum bile. Muhteşem gözlerine bakarken, o bildik sarhoşluğu yaşadım yeniden. Başım dönmeye başladı. Ellerim titriyordu. Konuşsam sesimin de titrediği belli olacaktı.

Murat, elindeki valizi aldı ve "Hoşgeldiniz" dedi. Araz ise saygılı ve biraz mahcup bir gülümsemeyle cevap verdi. Sonra uzunca bir süre birbirimize kilitledik gözlerimizi. Ne kadar zaman geçtiğini hatırlamıyorum. Sessizliği bozan şey Murat'ın "Gidelim isterseniz " sözü oldu. İkimiz de bir uykudan uyanır gibi olmuştuk. Ağır adımlarla otogardan çıkışa doğru giderken, Murat bizden birkaç adım geride kaldı. Bunu bilhassa yaptığını biliyordum. Aramızdaki garip sessizliğin bozulmasını istiyordu. Oysaki biz onunla en çok susarak konuşurduk. Bir taksiye bindik ve hızla eve doğru gitmeye başladık.

Arka koltuktaydık. Yüzünü cama doğru dönmüş dışarıyı seyrediyordu. Şehrin kalabalığı ve bu bilmediği kentin hızı başını döndürmüşe benziyordu. Gördüğü her şeye dikkatle bakıyor ve şaşırıyordu. Bir an yüzünü bana doğru döndü. Ben hâlâ onun gözlerindeydim. O an biri bana kirpiklerinin sayısını sorsa söyleyebilirdim. "Hiç sana benzemiyor bu şehir; peki sen niye bu şehre benzedin?"dedi. Başımı öne eğip, bir suçlu gibi sustum.

Eve gelmiştik. Valizini bu kez ben taşıyordum. Yukarı çıktık. Murat, "Siz rahatınıza bakın. Benim kafeyi açmam gerekiyor" dedi. Sonra bana dönüp, "Yerleştikten sonra eğer uykusu yoksa kafeye gelirsiniz, kahvaltı yaparız" dedi. "Tamam" dedim. Evi günler öncesinden temizlemiş, hatta camları bile silmiştim. Titiz olduğunu biliyordum. Valizini arka odaya koyup salona döndüğümde onu koltukta otururken buldum. Evin içini sakin bir tavırla inceliyordu. Duvardaki resimlere baktı ve "Zevkli döşemişsiniz" dedi.

"Yorgunsundur. İstersen biraz uyu içerde?"

"Hayır. Yolda uyudum."

"Peki o zaman ben çay ko..."

"Gerek yok. Bir şey istemiyorum."

"Birazdan kafeye geçeriz. Orda bir şeyler içeriz."

"Peki. İstediğin gibi olsun."

"Yarın sana İstanbul'u gezdireceğim."

"Bana yolladığın kitaplarında anlatmışsın İstanbul'u... Görmüş kadar oldum ama yine de beni bu kadar şaşırtacağını tahmin edemezdim."

"Evet. Burası İstanbul. İnsanı büyüleyerek öldürüyor."

"Hâlâ aşık gibi bakıyorsun bana."

"Ben sana hep aşık kalarak yaşadım."

"Kendini kandırma. Kimse birine aşıkken başkalarını sevemez!"

"Hayır Araz, düşündüğün gibi değil."

"Sen bu şehirde, bu hızı yaşarken, benim küçük kasabamın hep aynı sakinliği yaşayan gecelerinde ne düşündüğümü nerden bileceksin!? Önce azalan, sonra yok olan mektupların, telefonların, bana ne düşündürür sence? Gözlenme bak ve söyle... Çok mu saf görünüyorum?"

"Lütfen bu kadar acımasız olma."

"Acımasız olan sendin sevdiğim. Ben seninle birlikte ölebileceğimiz günü düşünürken, bensiz yaşayabilen sendin sevdiğim. Bak sana hâlâ sevdiğim diyorum; çünkü ben seni içimden terk etmedim! Çünkü ben seni intihar etmedim. Çünkü ben uğruna ölebileceğimi sandığım biri için yaşadım hep!"

Son sözlerini o kadar bağırarak söylemişti ki bunu kendisi de fark etti ve birden sustu. Nefes alıp verişi hızlanmış ve gözlerinden yaşlar akmaya başlamıştı. Yanına oturup ona sarıldım. Artık ben de ağlamaya başlamıştım, ikimizde hıçkıra hıçkıra ağlıyor ve birbirimize sımsıkı sarılıyorduk. "Böyle olmamalıydı... böyle olmamalıydı", diye bağırmaya başlamıştım. Kontrolümü yavaş yavaş kaybediyordum. Başını göğsüme bastırıp koltukta ileri geri sallanırken buldum kendimi. Saçları parmaklarımın arasında düğüm olmuştu. Yüzünü avuçlarımın arasına alıp gözlerine baktım. Yıllar sonra ilk defa bu kadar çok gözyaşı döküyordum. İkimizin de hıçkırıkları birbirine karışıyordu. "Meğer ne çok sevmişim seni" dedim. O ise elleriyle göz yaşlarımı silerek sordu; "Bunca sevdiysen beni, bu gemi nereye gitti usta?" İçimde sessizce bir şiir kırıldı...

"yalnızım çünkü sen varsın"

"gel" desen gelirdim
gittiğin uzak da bendim
dağ gibi bir ihanetten düştüm
bu kendime son gelişim
ölümbaz öpüşler kusuyorum ceplerime
kendimi suçüstü yakalıyorum
ve kentsizliğimin isimsizliğini
Araz'a uyak düşüyorum
gözlerime senden düşler sürüyorum
ıslak bileklerim kan bayramına yatıyor
bana en büyük tehdit yine ben oluyorum
sonra bir durağa yaslanıyorum
sonra bir kente
ve sen gidiyorsun
ben kanıyorum
diyorlar ki
"kendini dinleme hiçbir şey söylemiyorsun"
oysa "gel" desen gelirdim biliyorsun

yorgun Haliç'e biraz inat
biraz ihanet bırakıyorum
ellerinden bir tedirginliği bir tehdidi avuçluyorum
aklıma düşüyorsun
düşüyorum
düşünce

üşüyorum
azgın hüzünlerle körlüğüme göçüyorum
ayrılığın saati kaç geçiyor bilmiyorum
yalanlarımla bir hiçlikteyim
beni içinden kaç
bu kentte her yağmur kendini ağlar
aklıma düşsen yalnızlık oluyorum
ağzımdaki uykudan öpmüyorsun nicedir
nerde kimi üşüyorsun
artık kendini yakan bir ateşim
kendimize birbirimizden düşler yapamıyoruz
şimdi boş duraklara yaslanıyorum boş kentlere
oysa "gel" desen gelecektim

gün düşlerime dönüşlerimde
bakışın içiyor beni gözlerimden
gövdemi düşürüyorum güz yavrusu duraklara
uzaklığına uzanıyorum
sevdiğin sonbahar geçiyor üstümden
ama artık hiçbir göğü içmiyorsun dudaklarımdan
yıkılıyorum şarkılara
"kimseler biliyor"
yalnızlık dostumdu
şimdi korkum oluyor
oysa "gel" desen gelecektim

artık her şey kımıltısız bir geceye dönüşüyor
güz artığı saçlarımda oynaşan sensizlik
göz karana yenik düşüyor en korkak yanlarımdan
kendimi yitirdikçe sana gidiyorum
göbek çukurumda sobelere karanlık uyutuyorum
düş satıcısı ispiyoncu bir ihtiyarın insafına kalıyorum
uysal yalnızlıklar satın alıyorum
gülüşümle ödeyerek
ve içimde yalancı bir katil taşıyorum

yeni utançlar biriktiriyorum eski günahlarıma
cüzamlı ruhlar cehennemine gidiyorum ben
kirli sözlerimi temize çekme
oysa "gel" desen gelecektim

gözlerim ihanete ihbar taşıyor
kuşkulu bir cinayeti fısıldıyor kaşlarına
sözü namluna sürmelisin şimdi
en yaralı yanımdan vurmalısın beni
çünkü uçmak düşmeyi göze almaktır

avlunda bıraktığım
az kullanılmış intiharları deniyorum
ne vakit nikotinli ellerinden yola çıksam
susuşuna kan döküyor gözlerim
sen gözüne çiğ kaçtı sanıyorsun
oysa bilmelisin Araz'ım kimsenin içi görünmez

ve hiç bulamadıklarını
asla yitiremezsin
bak şimdi aramızda sessiz kalıyor
söylenecek bütün sözler

her sabah akşam oluyorsun
alnından ellerine damlıyorsun
yüzündeki yağmurla iniyorsun kente
içine dert oluyorsun kentin dışına yağmur
yüreğinde dağılıyor kristal şehirler
duvarların kan öksürüyor ve sen
başkalarının gözlerini
yüzümde aramamayı öğreniyorsun
beni bir durağa yaslıyorsun
beni bir kente
gidiyorsun
oysa "gel" desen gelecektim

susmak en inatçısı olmaktır yalnızlığın
en susmak da neydi öyle
sen en dinlerken

biliyorum Araz'ım
insan kendini bulmamalı hep aramalı
gittiğin yerden başlıyorum öyleyse
gece cinnetlerimi de alıp yanıma
denize bakmayı bilmeyenler bir gün mutlaka boğulur

işte bundandır gözlerinden kaçışlarım
siz hiç yar saçının bir telinden kendinize gurbet yaptınız mı
ben şimdi gurbetim
içimde taşıyorum
heba olsa da 'sen'lerce yılım
oysa "gel" desen gelecektim
ömrümden düşürdüğüm
sol anahtarlarına takılıyorum hep
ve hayat yüklü kamyonlar geçiyor üstümden
şairler ölüdür derler inanmıyorum
en karanlık ceketimi giyiyordum
ışığa kördüm çünkü
şimdi ise güneşe ilerliyorum
dirilmek için

kimliği paslanıyor eski bir anarşistin
gecenin kör gözünden utanıyorum
hadi bana en militan kelimelerle saldır
batır içime cümlelerini
beyhude bir dehşet bırak
hak ediyorum
gizlilikten ölmek üzere olan
bir akrep sızıyor içime
can kaybından ölüyorum
cenazemde namaz kılacağım
zan altındayım
yalanıma inanıyorum

yorgun söylentiler kanıyor solgun yaralarımdan
kırılır mı bilmem hüznümde taşıdığım kin
kinim kendime susuşum sana küsüşüm tüm dünyaya
üstü kalsın ihanetimin "gel" desen gelecektim

yine bir tren geçiyor içimden
sen kesiliyorum gülüşümün karşılığı
saçların bir rüzgârın öyküsünü taşıyor
görmüyorum söylemiyorsun kırılıyorum
hiçliğimin etleri yolunuyor şizofrenik bir gecede
sana bir öykü çıkarıyorum ağzımdan
süsle beni ey aşk geçtiğin yerleri öpüyorum
yarısı yanık bir aşkın küllerini taşıyorum
dişlerindeki nikotin tadı terkimde
sirenler ve ateş hatları içip sesini
peydahlıyorum kendimden ve kentimden
ıslak ceplerimi buluyorum el yordamıyla
yasadışıyım
tutukla beni gözlerimden

kalemim bitti yitirdi şiirini şuur
öldü kanımdaki mürekkep balığı
solumdaki sise intihar etti intiharlar
bir aşkı kaça katlayabilirdi ki ezik bir yürek
yaşamak için geç bir zaman
ölmek için ise erken

çok davullu bir senfoni sürçüyor
dikiş tutmaz ayrılığımda
kirpiğinden yapılma bir dar ağacına
geceyi asıyorum
yoksun
bu yağmurlar ıslatmıyor beni
bir durağa yaslanıyorum sensiz
gidişinin en sessiz harfinden yırtılıyorum
"gel" desen gelecektim oysa
kulaklarımdan bordo denizler dökülüyor
şimdi herkes biraz sen biraz acı
göğsümde bir vagon
gizli sözler batıyor fırtınalar çıkıyor üstüme
şakağımda
intihar acemisi bir şairin delilik provaları
arkandan uluyan kapılardan söküyorum kokunu
yokluğunu kokluyorum
yokluğunu yokluyorum
çöz gözlerimi senden hadi ücranda yak bakışımı
gözlerine bekçi sevdam dünden ve senden kalmayım

içine her düşen
kendi keşfi sanıyor seni
oysa sen
melekleri bile kıskandıracak kadar kendinsin
ve kendini acıtmak istiyorsun
ama güller kendine batamaz

bilmiyor musun
"gel" mi diyorsun

herkes kendi gördüğüne bakar
peki hayatın rüzgârında kime yelkeniz
kıpırdamadan duramayız bir aşk boyu
hadi en kanadığımız yerden susalım
"gel" desen gelirdim
"git" dedin ve gittin
Aşka...
Rüzgâra.
Ayrılığa.
Zamana.

Eyvallah

-5-

Murat, karşısında bizi görünce gülümsedi. El ele tutuşmuş, kafenin orta yerinde duruyorduk. "Kahvaltı için geç kaldınız. Şimdi size sadece tost ikram edebilirim" dedi. Hep beraber bir masaya oturduk. Sonra birden kapı açıldı ve içeri Melek girdi. Göz göze geldik. Başını öne eğip, geri döndü. Onu bir daha hiçbir yerde görmedim.

Şimdi kafede bizden başka kimse yoktu. Çaylarımızı yudumlarken, bir yandan da koyu bir sohbete başlamıştık. Ben biraz dalgındım. Araz, Murat'a doğup büyüdüğü sahil kasabasını anlattı. Ben ilk defa duyuyormuşçasına yeniden dinledim. Arada bir yükselen kahkahalarımız, duvarlarda çınladı. Zamanın nasıl geçtiğini anlayamadık. "Bugünü kutlayalım. Size boğazın en güzel lokantalarından birinde balık ısmarlamak istiyorum" dedi Murat. Bu cazip teklifi geri çevirmek mümkün değildi. Hemen yola koyulduk.

Hep birlikte boğazda balık yedik. Masamızda yok yoktu. Sanırım felekten bir gece çalmak dedikleri şey buydu.

Lokantadan çıktığımız gibi kendimizi sahile attık. O kadar neşeliydik ki... Murat'ın uzun zamandır ilk defa bu kadar eğlendiğini gördüm. Üçümüz kol kola sahilde yürüdük. İyot kokusunu içimize çektik. Yarım yamalak sözlerle, bağıra bağıra şarkılar söyledik. Banklarda oturup denizi seyrettik. Bebek, Ortaköy ve Beşiktaş sahilinde, yakalamaca oynadık. Çocuklar gibiydik hepimiz. Bunca yıl, bunları yapmak için beklemiştik sanki...

O gece yüzümüzden gülüşler hiç eksilmedi. Murat bildiği bütün fıkraları anlattı. Gece boyunca bizi güldürdü. Sabaha karşı eve döndüğümüzde, konuşacak ve gülecek şeylerimiz hâlâ bitmemişti. Enerjimiz, yorgunluğumuzu gizlerken, hiç anlamadığımız bir vakitte her birimiz oturduğumuz yerde uyuyup kalmıştık.

Ertesi gün öğlene doğru uyandık. Murat hemen dükkana gitti. Biz aheste aheste bir kahvaltı sofrası hazırlayıp, gülüşlerimizle dolu bir kahvaltı yaptık. Sonra hemen İstanbul'un büyülü kucağına attık kendimizi. Araz bu kente aşık olmuştu. "Hiç dönmek istemiyorum" dedi. Buraya ilk gelişimi hatırlattı bu söz bana. Oysa bu şehir neleri aldı benden, bu büyüyü kollarıma bırakırken... O bunu daha bilmiyordu.

Birlikte Taksim'e gittik. İstiklâl Caddesi'ne... dolaşmaktan en keyif aldığım yere yani... Defalarca bir baştan bir başa yürüdük o caddede. Sonra, ara sokaklara girdik. Tinerci çocuklar, travestiler, fahişeler, katiller, kapkaççılar, hırsızlar, polisler ve uyuşturucu satıcılarını gördük. Bir üst caddedeki pahalı mağaza vitrinlerinden kendisine elbise beğenenlerle ilgisi yoktu buradaki insanların. Hayat burada da akıyordu ama bilenler biliyordu işte bu akışı. İşte buydu büyük şehrin gerçeği. Öldüren bir cazibesi vardı. Herkes buna aldanıyordu. Bir kara dul örümceği gibi, şehvetini tattırdığı insanlarını öldürüyordu bu şehir. Ama hep arka sokaklarda...

Eminönü'nde balık ekmek yedikten sonra onu Fenerbahçe'ye götürdüm. Şimdi eğlence merkezi olan bu yerlerde, bir zamanlar tek eğlencenin, yan yana duran dört tane büfeden birini seçip tost yemek olduğunu anlattım. Şaşırdı. Sonra eskiden mesire yeri olan bölüme geçtik. Basketbol potaları hâlâ yerinde duruyordu. Daha sonra buruna gittik. Bir banka oturup denizi seyrettik. Bir simidi paylaştık orada.

O küçük sahil kasabasındaki yere çok benziyordu burası. O yüzden defalarca tek başıma buraya gelmiştim. Rüzgâr yine esmeye başlayınca, onun da saçlarının rüzgârla olan dansı başladı. Tepe geldi aklıma. Durup ona baktım. İçim çekildi bir an... Keşke bu şehir beni kandırmasaydı, dedim içimden. "Beni neden unuttun?" diye sordu birden. "İçinde kim vardı senin o zamanlar? Ben yoktum biliyorum. İçindeki yok'tan başka kim vardı diyorum?" Önce sustum. Gözüm uzaklara daldı. Sonra gözlerine bakıp: "Şimdi üç şey var; sen, ben ve bir de "biz"... biz diyorum sana... anlasana..."

Ellerimden tutup konuşmaya başladı. "Şimdi karşımda bir adam var; bir fotoğraf sessizliği ile denize karşı durmuş, lodosun eskittiği suretinde eski aşkını arayan. Arkasında boğazın pusu, nemli sokak taşları, uzakta İstanbul sesleri, içinde o sızılı boşluk mavi bir efkarla sarmalanmış. Ve koridor boyu uzanan, geçtiği bütün duraklarda sana bezenen, bir teras dolusu suskunluk almış eline harf harf... Adına gitmek fiilinin anlamlarını döşeyen... Karşımda bir adam var şu anda; güncesine düştüğü mayınlı satırlarla benli zamanların izini süren. Sen ki bir dar zaman mutluluğuydun yüreğime sızıveren. Ben ki yüreğinin kıyısında taşıdığın uçuruma dokunabilen ilk kadın."

Sustu. Denize baktı ve gülümseyerek devam etti:

"Buraya gelmeden önce seni düşündüğümde, hiçliğe benzeyen bir duygu yokluyordu yüreğimi, ne öfkeleniyor, ne nefret ediyor, ne kızıyor, ne seviyor... Yani içimdeki 'hiçbir şey', aslında senin düşüne düşmüş her şeydi. Yani adını bir türlü koyamadığım ince bir sızı. Şimdi bakıyorum karşımdaki adama; düşlerinin yüz ölçümlerini karşılayabilecek kadar hayata kafa tutabiliyorsun. Hayatsa, seninle ilgili bütün başkaldırışlarında, sen başını kaldırmadığında susuveriyor ancak."

Akşam karanlığı çökerken sulara, Araz'ın sözleri içimi delerek geçip gidiyordu. O konuşunca şiir gibi konuşurdu. Nefreti de şiire benzerdi, sevgisi de... İnsan bazen anlayamazdı onu. Neyi anlayamadığını da anlayamazdı...

Ben bir sigara çıkardım cebimden ve rüzgârla savaşarak yakmaya çalıştım. O ise devam etti şiirine... "Biliyor musun; umarsız bir yıkımdı gidişin. Liman boyu uzanan iç kanamalı bir suskunluktu bizden geriye kalan. Oysa bilmeliydin; bütün bir hayatı ürpererek yaşama cesaretiydi aşk. Ve yola çıkıldığında göze alınmalıydı aşkın adressizliği. Sen bir tepeden masal gibi geldiğinde gözlerime, ben kendi masalımı terk edip, gözlerine benzeyen bir deniz seçmiştim kendime. Bana aşkı öğretmişsen yorgun, terli bir tepede; bırak isyanım tam olsun yüreğimin sessizliğindeki kıyamete... Bilirim sen kendince bir hayatı onarmaya düşkünsün. Onarmak içinse gidişin; sen önce seni affet. Adına mavi dediğin çoğul eksikliğinde... Bazen seni affedebilir miydin, beni ağladığında?"

Yüzündeki gülümseme kaybolmuştu. Ama yinede gözlerinin içinde bana uzanan sevgi köprüsü, hayatla olan bağımı güçlü kılıyordu. Tam söze başlayacakken parmaklarıyla kirpiklerime dokunup, "İşte ben seni böyle seviyorum" dedi. Parmak ucuyla kirpiğime dokunup sevebilen kaç kişi girmişti ki hayatıma? İşte bütün sır buradaydı. Tekrar konuşmaya başladı. "Bilirsin; ben ki kabilesiz bir savaşçı. Senden aldığım bütün anlamları sana geri verdim. Bir 'içim' kaldı bende, bir de aklımın aldanmışlığı. Haklısın sen de bensiz sularında elbet denizi aşmış bir okyanus telaşı yaşanacaktı. Bağışla sözlerimi. Bağışla gözlerimi. Dahası yok, fazlası az... Bazen terk edip gidebilmeli bu şehri kendi çaresizliğinde. Bazen inceldiği yerden kopmalı hayat. Neyse! Sen benden ötede, ben senden uzakta... Ne kadar çok 'vardık' oysa ne kadar çok kaybolurken bile... Karşımda yorgun bir adam var şimdi; özleyişlerini reddetmek uğruna yorgun düşmüş bir gemi... Bu gemi nereye gidiyor usta?.. İçim boş, gemiler boş. Bu gemi nereye gidiyor usta?"

Bir romanı bitirmiş gibiydi sustuğunda. Ben de sustum onunla. En iyi yaptığımdı susmak. Uzun bir sessizliğin sonrasında, "Susuşlarımızda sen benim susuzluğumu dindirecek yağmurunu bulamadığını sandın, ben, senin yağmurunu yağdıracak o bulutunu. Oysaki yağmur bulutta saklıydı, bulut da yağmurda. Susmasaydık bulacaktık" dedim. Neden geçmişin muhasebesini yapmaya başlamıştık bilmiyorum. Son sözleri iyice içime oturdu. "Bana bir kere susma hakkı verseydin, sana neler söylemeyecektim! Oysa sen hep payına susmaları aldın, bana ise hep sessizliğin ezeceği vakitlerle savaşmalar kaldı. Evet! Susmak birilerini hep konuşmaya mahkum etmekti. Ve en çok konuşan en fazla hata yapandı her zaman. En çok susanın hep haklı kaldığı gibi... Sessizlikten korkan birine sessizlik dayatmak (hem de bir lütuf, bir armağan gibi) işlenen en haklı suçtu. Sen tüm suskunlukları kimseye bırakmayacak kadar bencil, herkesi suskunluğuna özendirecek kadar cömerttin. Sana söylenenlerle, sana anlatılanlarla herkesin sırrını bildin ama kimseye bir şey söylemedin. Oysa izin verseydin sana söylemeyecek ne çok şeyim vardı. İnsanları sadece dinleyerek böyle çıplak, böyle savunmasız bırakmayı nerden öğrendin? Başkalarına ait bunca sırrı taşımak seni neden hiç yormadı? Sen en çok bana sustun; ben en çok sana konuştum. Sana benzemeye başladığımdaysa, bende içimi susarak döktüm. Yoksa içim dökülecekti. Susacak hiçbir şeyin kalmadığında ise içindeki sessiz diyaloglarla benden çekip gittin. Meğer susmak, insanın içiyle konuşmasıymış. Geç fark ettim!"

Evet haklıydı. Söyleyebilecek hiçbir şey bırakmadı bana. Bunları söylerken yüzünde en ufak bir kin taşımıyordu. Hep gülümseyerek konuşuyordu. Sözleri her ne kadar acı olsa da, yüzündeki ifade çok tatlıydı. Boynuma sarıldı ve "Bunlar geçmişte kaldı. Özür dilerim yeniden canlandırdığım için. Ama en az bu kadar konuşmaya hakkım vardı değil mi?" dedi. Başımı salladım ve o banktan kalkıp evimize doğru yola koyulduk.

Akşam yemeğinde yine hep birlikteydik. Murat akşamları kafeyi erken kapatıp, koşa koşa eve geliyordu. Hafta boyunca Araz'ın yaptığı o nefis yemeklerden yemiştik. Ev her zamankinden daha temiz görünüyordu. Eh, nede olsa bir kadın eli değmişti. Ev de ne kirli çamaşır birikiyordu, ne de ütüsüz gömlek... Sanki bir rüyadaydık, ikimizin mutluluğu Murat'a da sirayet etmişti. Hayatımıza renk getirmişti Araz. Benim rengime ise hayat.

Masada önümüzde duran nefis yemeklere bakarken, bir elin zeytinyağlı dolmaya doğru uzandığını görmemle, o ele bir şaplağın inmesi bir oluyor, Murat elini ovuştururken suçlu bir çocuk gibi Araz'a bakıyor ve söylediği her şeye başını "tabiki" anlamında sallayarak onay veriyordu. Bense onları sessizce izleyerek, bıyık altından Murat'a gülüyordum.

Araz, sevgili dostuma, yemeğe başlamadan önce bize verdiği bu nimetler için Allah'a dua etmemiz gerektiğini öğütlüyor, duasız sofranın bereketsiz olacağını, geldiği kasabadaki evde asla dua etmeden yemeğe başlamadıklarını anlatıyordu. Dua biter bitmez Murat ilk saldırıda kapmayı başaramadığı dolmaya doğru bir pike yapıp, usta bir manevrayla midesine indiriyordu. Evimizde hiç açılmayan televizyon, her gece açılır olmuş, hep birlikte film seyreder duruma gelmiştik. Hüzünlü filmlerde üçümüz de birbirimizden gizlemeye çalışıyorduk göz yaşlarımızı. Ne kadar çaktırmamaya çalışsak da kızaran gözlerimiz ele veriyordu bizi. Hepimiz çok mutluyduk ve rüya bitmesin istiyorduk.

-6-

Sayılı günler çabuk geçmişti ve artık Araz'ın evine dönmesi gerekiyordu. Daha onu otogara bırakmak için evden çıkmadan, duvarları bir hüzün kaplamıştı bile. Sanki bu ev, onun hayat dolu sesinin çınladığı duvarlar, onu bir daha geri dönmemecesine uğurlar gibiydi. Ben kapıdaydım, elimde onun valizi; yirmi dokuz gün önce de böyle taşımıştım bu valizi. Murat, apartmanın kapısına kadar getirttiği taksinin camından kafasını uzatıp bizi çağırdı. "Haydi çocuklar, geç kalıyoruz." Eve son kez baktı Araz ve ağır adımlarla merdivenlerden inmeye başladı. Hiçbir şey konuşmadan taksiye bindik. Şoföre, "Biraz acele gidelim" derken, sessizliği ilk bozan yine Murat oldu.

Ayrılığın hüznünü yeniden yaşamaya başladığım halde, içimde yine de bir huzur vardı. Yıllar önce o sahil kasabasından ayrılırken bindiğim gemi geldi aklıma. Kulaklarımdan hiç gitmeyen o ses yine yankılandı. Bindiğimiz taksi bir viraja girdiğinde, kötü bir şeyler olacağını anlamıştım. Araba birden savruldu. Araz, bir çığlık atarak bana sarıldı. Taksi büyük bir gürültüyle taklalar atmaya başlamıştı.

Uzun ve derin bir karanlıktayım. Gözümü açtığımda etrafımda koşuşturan hemşireler ve doktorlar gördüğümü hatırlıyorum. Görüntü o kadar bulanık ki insanların yüzlerini seçemiyorum. Sesler duyulmuyor. Gözlerimi açık tutmaya gücüm yok. Tekrar bir karanlığın içine gömülüyorum. Hayaller görmeye başlıyorum.

Uzun ve loş bir koridorun ortasında yere diz çökmüş oturan bir kız var. Ona doğru yaklaşmaya başlıyorum. Elimde kocaman bir ekmek bıçağı var. Koridorda defalarca düşüp kalktıktan sonra kızın yanına geliyorum. Tam karşısında durup, "Kaldır kafanı" diyorum. Kız yavaşça başını kaldırıyor ve gözlerini gözlerime dikerek bana bakıyor. Yüzü hiçbir şeye benzemiyor. Karşısında diz çöküp, gözlerini elimdeki bıçakla oymaya başlıyorum. Hiç sesini çıkarmıyor. Ellerime akan kanı, bileklerimden dirseklerime doğru sızıyor. Sıcak kan içime işliyor. Uyurken altına kaçıranların, o sıcaklığı hissetmesi gibi bir duygu oluşuyor bende. İşimi hemen bitirip elimdeki bıçağı fırlatıp atıyorum. Her yanıma kan bulaşmış. Düşe kalka oradan uzaklaşıyorum. Kızın gözlerini cebime koyuyorum. Koridorda iyice ilerledikten sonra dönüp arkama bakıyorum. Kızın yanından uzaklaşamamışım. İleri doğru yaptığım her hamlede, koridor altımdan kayıyor, ben çok az ilerleyebiliyorum. Kız tam arkamda ağlıyor. Gözleri yok. Göz yuvalarından kan akıyor. Hıçkırıklarını duyuyorum. Hıçkırıkları sanki beynimi oyuyor. Sürünerek geri dönüyorum. Ses tellerini kesmek ve o hıçkırıklara bir son vermek istiyorum. Geri döndüğümde bıçağı fırlattığım yerde bulamıyorum. Orada bıçak yerine kırmızı bir et parçası duruyor. Et titriyor. Koridorun sonundan sesler gelmeye başlıyor "bip bip bip..." Sesi duyunca güçlükle gözlerimi aralıyorum. Yine hastanedeyim. Karşımda kalp atışlarımı gösterdiğini tahmin ettiğim bir cihaz duruyor. Ekranda çıkardığı sesle senkronize bir şekilde, bir aşağı, bir yukarı inip çıkan bir ışık. Uykumda duyduğum bu "bip" sesi o cihazdan geliyor. Hiçbir yerimi kıpırdatamıyorum. Boynumu hiçbir tarafa döndüremiyorum. Görüş alanıma giren birileri "Yaşıyor" diyor. Hıçkırıklar duyuyorum. Birilerinin avaz avaz haykırdığını işitiyorum. Araya başka sesler de karışıyor.

Tekrar karanlığın içine dalıyorum. Boş bir odadayım şimdi. Duvarlarda, tavanda ve yerde örümcekler var. Hepsi odanın, arka tarafımda kalan kısmına doğru gidiyor. Geriye dönüp baktığımda duvarda asılı duran, pencere büyüklüğünde bordo bir kadife görüyorum. O tarafa doğru yürümeye başlıyorum ve cebimden bir çift göz çıkarıyorum. Bordo kadifenin kenarında iki tane çengelli iğne var. Onların yardımıyla gözleri yan yana gelecek biçimde çengelli iğne ile kadifeye tutturuyorum. Gözlerin, bana bakarken, giderek matlaştığını görüyorum. Üstlerine tükürüp, onları yeniden ıslatıyorum. Şimdi daha iyi parlıyorlar.

Birden o gözlerin Araz'ın gözleri olduğunu fark ediyorum. Geriye doğru bir iki adım atarak irkiliyorum. Gözler bordo kadifenin üzerinden bana doğru bakarken, kıpırdamaya başlıyor. Korkarak kendimi odanın dışına atıyorum.

Düştüğüm yer bir sokak arası oluyor. Gece olmuş. Koşmaya başlıyorum. İlerde bir apartmanın yangın merdiveni görünüyor. Hemen merdivenin altına gidiyorum. Siyah renkte bir su birikintisi var orada. Yüzümü o suyun içine sokuyorum. Su beni içine çekiyor. Tüm vücudum suyun içinde. Baş aşağı derinliklere doğru dalıyorum. Suyun içindeyim ama aynı zamanda nefes de alabiliyorum. Bu derinliğin sonu gelmeyecekmiş gibi geliyor bana. Karanlık, simsiyah bir suyun içinde yüzüyorum. Yüzüme görmediğim bir şeyler sürünüyor. Bir şey yüzümü yalayarak geçiyor. Hemen yukarı doğru çıkmaya başlıyorum.

Suyun yüzüne çıktığımda, bir açık denizde buluyorum kendimi. Ve tam karşımda yüksek falezler görüyorum. Oraya doğru yüzmeye devam ediyorum. Çocukluğumun sahil kasabasına benziyor burası. Sol tarafa doğru baktığımdaysa, altında başak tarlaları uzanan bir tepeyle karşılaşıyorum. Tepenin tam ucunda da kendini aşağıya atmak üzere olan bir kız. Hızla o tarafa doğru yüzmeye başlıyorum. Denizin içinde beni ayaklarımdan tutup aşağı doğru çekmek isteyen bir sürü el var. Ayaklarımla onları itip yüzmeye çalışıyorum. Kıyıya çok az kaldı.

Şimdi tekrar hastanedeyim. Gözlerim yeniden aralanıyor. "İkisini de acil ameliyata almamız gerekiyor" diyor bir doktor. Etrafımda kimse yok. Yanımda yatan iki kişiyi yataklarından sedyeye alıp götürüyorlar. Hiç kimse benimle ilgilenmiyor. Hemşireler ve doktorlar, ikisinin arkasından kaybolup gidiyorlar. Karşımdaki monitörde düz bir çizgi var şimdi. Aramızda onca kapı ve duvar olmasına rağmen, kalplerine defalarca elektro şok yapıldığını görebiliyorum. Çok yorgunum. Yine uykuya dalıyorum.

Kıyıya ulaştım şimdi. Kumların üzerine kendimi sırt üstü atıp, derin derin nefes alıyorum. Kulağımın içinde kıpırdayan bir şey var. Parmağımı kulağıma sokup, o şeyi çıkarmaya çalışıyorum. Ucundan tutup çekmeye başladığımda, bunun bir solucan olduğunu fark ediyorum. Hızla onu kulağımın içinden dışarıya doğru çekmeye başlıyorum. Uzadıkça uzuyor. Bir türlü sonu gelmek bilmeyen bu solucanın içime nasıl sığdığını düşünüyorum, dört-beş metre uzunluğundaki bu solucan sonunda bitiyor. Kulağımdan boynuma doğru sıcak bir sıvının aktığını hissediyorum. Ayağa kalkıp, başak tarlalarına doğru koşmaya başlıyorum. Tepeye ulaşmalıyım...

Üçümüzün beraber çektirdiği fotoğraf masanın üzerinde duruyor. Hayatın dondurulmuş mutlu bir ânı. Gözlerimizin içine oturmuş olan pırıltı, yüreğimizdeki sevinci nasıl da hissettiriyor. Arka fonda bir deniz manzarası var. Alıp götürüyor insanı. İyot kokusunu duyar gibi oluyorum. Sevdiğim iki insan artık hayatımda yok. Kötü bir kasırga geldi ve aldı onları benden. İçimdeki boşluğa her saniye düşüyor olmak ne acı. Daha da acı olan, o uçurumdan düşmenin de, düşmemenin de hiçbir anlam taşımıyor olması. Ve biliyorum ki o boşluğu hiçbir şey dolduramayacak. Kocaman, boş bir meydan var içimde. Her gece başıma yıkılan...

Yağmur koca koca damlalarla camı dövüyor. Başka ses yok evde. Fakat duvara kulağımı dayasam, sanki daha önceden konuştuğumuz her şeyi bir daha duyacakmışım gibi geliyor. Her bir ayrıntının içinde binlerce ses gizli. Araz'ımın ve Murat'ın yukarılardan bir yerlerden bana baktıklarını hissediyorum. Onların yanında olmak için neler vermezdim. Ama şimdilik buna cesaretim yok.

Her gün mezarlarına gidiyorum. Yan yana dizilmiş bir sürü mezar taşının arkasında saatlerce ayakta durup, hiç kıpırdamadan mezarlarına bakıyorum. O mezarların ön tarafına geçip taşlarının üzerinde yazan isimlerine hiç bakmadım. Bakmak istemedim. Hayatımı anlamlı kılan insanların isimlerini, soğuk bir mezar taşından okumaya dayanamayacağımı biliyorum. O yüzden onların mezarlarına hep arkadan bakıyorum. Sonra yine bu soğuk eve gelip, hiç konuşmadan, hiçbir şey yapmadan, yazmadan, yemeden, uyumadan, sadece gözlerimi pencereden dışarı yatırıp uzaklara bakıyorum.

Sanki bir gün köşe başından çıkıp, gülerek gelecek ve "Sana pis bir şaka yaptık" diyeceklermiş gibi geliyor. Öyle olması için kendi hayatımı bile verebilirdim onlara...

Birlikte yaşadığımız her şey gözümün önünde. Bu filmi hep başa sarıp yeniden izliyorum. Bıkmadan, yorulmadan, usanmadan. İçimi acıtan bir şeyleri, içimde çoğaltıyorum her seferinde. Acılarımı yeniden yaşayarak, onları hafifletmeye çabalıyorum.

Geceleri geçmek bilmiyor. Kaç gündür uyumadığımı bilmiyorum. Aynalardan kaçıyorum. Yüzümü görmek dahi istemiyorum. Aslında hiçbir şey görmek istemiyorum. Akşam karanlığı çökünce şehre, kimsenin olmadığı istasyonlara, iskelelere gidiyorum. Hiç gelmeyecek bir treni, hiç gelmeyecek bir gemiyi bekliyorum sabaha kadar. Kalabalık caddelerden kaçıyorum. Ara sokaklarda yürüyorum, duruyorum, kaldırımlarına oturuyorum.

Kimse beni fark etmiyor. İzbe sokakları çok seviyorum. Kendimi iyice bıraktım.

Şimdi kapalı olan kafemizin önündeyim. Camları bana ne kadar da soğuk geliyor. Bir daha o kapıyı hiç açmayacak Murat... İçerideki onca hatıra kaybolup gidecek sessizlikte. Sonra birileri gelip şeklini değiştirecek her şeyin. Yeni eşyalar, yeni insanlar alacak bizden kalan her şeyi. Kimse bizi bilmeyecek. "Eskiden burası kafeymiş" diyecekler. Hepsi bu.

Bu gece İstanbul'da hiç dinmeyen, kulaklarımdan uğultusu hiç gitmeyen bir rüzgâr var. Gecenin karanlığında ilerliyorum. Ayaklarım beni mezarlığa götürüyor. Sabaha karşı mezarlığa varıyorum. Soğuk mezar taşlarının arasından sessizce yürüyorum. Yürürken tek düşündüğüm şey artık onların mezar taşındaki isimlerine bakmak oluyor. Yattıkları yere ulaştığımda, bir an durup cesaretimi topluyorum, ilk defa ön tarafa geçiyorum. İçimdeki sıkıntı giderek çoğalıyor.

Şimdi onların isimleri tam karşımda. Gün ışımaya başlıyor. Başımı hafifçe sola doğru çevirdiğimde ise onların hemen yanı başındaki mezar taşında kendi ismimi okuyorum. Rüzgâr duruyor. Her şey "başka" bir şeymiş anlıyorum.

Başımı gökyüzüne doğru kaldırdığımda, bulutların arasına saklanmış olan siluetlerini görüyorum. Bana gülümsüyorlar. Onlara doğru yükseliyorum.

Aşka, Rüzgâra, Ayrılığa, Zamana...

Eyvallah

"..."

MAVİ EV

Kahraman Tazeoğlu

DESTEK
yayınları

DESTEK MEDYA GRUBU

DESTEK YAYINLARI: 941
EDEBİYAT: 279

KAHRAMAN TAZEOĞLU / MAVİ EV

Genel Yayın Yönetmeni: Ertürk Akşun
Kapak ve Sayfa Tasarımı: İlknur Muştu
Sosyal Medya Yöneticisi – Menajer: Zeynep Demirkaya

Destek Yayınları: Nisan 2018
Yayıncı Sertifika No. 13226

ISBN 978-605-311-411-6

Abdi İpekçi Caddesi No. 31/5 Nişantaşı/İstanbul
Tel. (0) 212 252 22 42
Faks: (0) 212 252 22 43
www.destekdukkan.com
info@destekyayinlari.com
facebook.com/DestekYayinevi
twitter.com/destekyayinlari
instagram.com/destekyayinlari
www.destekmedyagrubu.com

facebook.com/kahramantazeoglu
mail: sayfa.admeni@gmail.com

Deniz Ofset – Nazlı Koçak
Sertifika No. 40200
Maltepe Mah. Gümüşsuyu Cad.
Odin İş Mrk. B Blok No. 403/2
Zeytinburnu / İstanbul

DESTEK
KARAKARGA
BEYAZ BAYKUŞ
genç DESTEK

MAVİ EV

Kahraman Tazeoğlu'ndan

DESTEK
yayınları

Bu romanı yazmış olduğum ilkokul
yıllarımda bana gülen
Nurettin Teksan İlköğretim Okulu 5D Sınfı öğrencilerine...

... dalgalar yorgun bedenini kıyıya vurdu. Artık bir iniltiye dönüşen ağlaması, "belli belirsiz duyuluyordu. Sürüne sürüne kapının eşiğine kadar geldi. Güçlükle ayağa kalktı. Birkaç adım sonra pencerenin önüne yığıldı. Uzun saçlarından hâlâ sular damlıyordu. Gözlerini ufka dikti. Bakışlarında hiçbir anlam yoktu. Sağ elini saçlarına götürdü ve küçük bir tutamı kopardı. Sonra bir tutam, bir tutam daha... Gözleri ufka çakılı kalmıştı. Saçlarını yolmaya devam ederken, o şarkıyı mırıldanmaya başladı.

Birden sesi kesildi ve dalgaların uğultulu sesi şarkının yerini aldı. Son nefesinde saç dipleri kanıyordu...

Havaalanı olağan kalabalıklığıyla insanları birbirlerinden ayırıyor ya da birbirlerine kavuşturuyordu. Sahra, elindeki kırmızı bavuluyla insan selinin içinde kaybolanlardan sadece biriydi. Onca saatlik uçuştan sonra bir an önce dinlenmek ona iyi gelecekti. Önce ılık bir duş, ardından deliksiz bir uyku...

Bagajını taşımakta zorlanıyordu ve ona bu ülkede yardım edebilecek kimse yoktu. Tek başına yeni bir hayata başlamak için buradaydı. Geride bıraktığı ailesi aslında gitmesini hiç istememişti ama Sahra kafasına koyduğu her şeyi yapan ve en yakınlarının bile telkinlerine kulak asmayan, dik başlı bir genç kızdı. Şimdi anne ve babasının "Türkiye'de okuyup ne yapacaksın! Amerika sana neyi vermiyor?" gibi sonuçsuz sözlerini kilometrelerce geride bırakmıştı.

Doğup büyüdüğü o ülkeyi sevmiyordu Sahra. Annesi Amerikalı, babası ise bir Türk'tü. Bu yüzden kendini hiç bir zaman tam bir Türk olarak görememişti ama tam bir Amerikalı da değildi aslında...

Üniversiteyi Türkiye'de okuma kararı almış ve buraya gelmişti. Kafasında tek şey vardı. Kendi istediğini yapmak!

Taksiye bindi ve kalacağı otelin adını söyledi. Şoför, sıkışık trafikte otele doğru giderken, Sahra, hep resimlerinden ve eski Türk filmlerinden tanıdığı bu şehrin tam göbeğinde olmanın şaşkınlığını ve mutluluğunu yaşıyordu. "İşte ait olduğum yer" diye mırıldandı. Şoför dikiz aynasından çapkınca olduğunu düşündüğü bakışlarını fırlatarak "Buyur abla bir şey mi dedin" diye sordu. Sahra "Sana demedim" diye tersledi. Taksici bu cevaba bir anlam veremedi.

Babası ona, İstanbul'un en iyi otellerinden birinde yer ayırtmıştı. Tabii ki otelde yaşamayacaktı ama kendisine bir ev bulana kadar geçici konutu burasıydı.

Reception'da gerekli işlemleri yaptırdıktan sonra odasına yerleşti. Taksim'in göbeğindeki bu otelin penceresi, İstanbul'un keşmekeşini yansıtan bir delik gibiydi. Bir süre pencereden, insanları izledi ve geride bıraktığı ailesini düşündü. İnatçı bir yapıya sahip olduğunu kendisi de biliyordu. Bazen başına türlü belalar açsa da bir türlü vazgeçmiyordu huyundan. Şimdi yeni bir hayatın ilk adımlarını atarken, içinde hiçbir tereddüt yoktu. Cep telefonu çalmaya başladı. Babasıydı arayan:

- Kızım?

- Geldim baba merak etme.

- E, aşk olsun be yavrum! Sana iner inmez ara demedik mi? Bak annen de ben de merak içindeyiz.

- Tamam baba! Ben çocuk değilim. Geldim ve yerleştim otele. Biraz uyuyup dinleneceğim.

- Tamam kızım dikkat et kendine. Dur annen de konuşacak.

- Bebeğim iyi misin?

- İyiyim anne merak etme, geldim işte.

- Aç mısın? Bir şeyler yedin mi?

- Anne ya! Kilometrelerce uzaktan beni mi kontrol edeceksin!

- Tamam tamam sinirlenme. Ben sadece bir anneyim.

- Özür dilerim. Yorgunum ve biraz gerginim sanırım.

- Tamam kızım.

- Tamam hadi görüşürüz. Ben sizi sonra ararım.

Şimdi biraz dinlenmeliydi. Kendini doğruca duşa atıp tam kırk beş dakika sonra çıktı. Ve bornozuyla uzandığı yatağının üzerinde uyuyakaldı.

Eylül ayının ortası olmasına rağmen, kavurucu bir sıcakla insanları halsizleştiriyordu hava... Sahra ise kendine bulduğu bir ağaç gölgesi altında, bankta oturmuş insanları izliyordu. Kayıt işlemlerini yaptırdığı üniversitenin bahçesiydi burası. On gün sonra bu okula ilk dersi için gelecekti. Heyecanlıydı. Herkes okumak için Amerika'ya gitmenin yollarını ararken o, Türkiye'yi seçmişti. Bu davranışının yadırganacağını bildiği için, kimseye bahsetmeme kararı aldı. Bazen insanların ön yargıları yüzünden, onlara açıklama yapmaya gerek bile duymayacak hale gelirdi Sahra.

Kayıt işlemlerini tamamlamasının ardından babasını arayıp, artık kendisine bir ev tutacağını söyledi. Bunun için bankaya uğraması ve babasının hesabına yatırdığı paradan bir miktar çekmesi gerekiyordu. Hâlâ babasının parası ile bir şeyler yapmak zoruna gidiyor olsa da şimdilik buna mecburdu. Hayatını kendi kazanmaya başlayınca ödeyecekti tüm borcunu. Böyle düşünmek iyi hissettiriyordu.

Okulun geniş kapısından çıkarak, yolun karşısındaki Bankamatik'e yöneldi. O sırada etrafına dikkatlice bakınmayı da ihmal etmedi. Zira babası biricik kızına Türkiye'de giderek artan kapkaç vakalarının yaşandığını, çok dikkatli olması gerektiğini tembihlemişti. Gereken kadar parayı çektikten sonra tekrar etrafını kolaçan edip, kendisini izleyen birinin olup olmadığına baktı.

Birkaç metre uzağında duran siyah güneş gözlüklü, sarı beysbol şapkalı bir adamın dışında dikkatini çeken kimse olmadı. Şapkalı adamın dikkatini çekmesinin nedeni ise

kuşkulu tavırlarıydı. Bir an korkuya kapıldı ve hızlı adımlarla oradan uzaklaştı. Hemen köşede bekleyen bir taksiye binerek, oteline doğru yola koyuldu. Arkasına baktığında ise beysbol şapkalı adamın oradan uzaklaşana kadar taksiyi göz hapsinde tuttuğunu gördü. Endişelenmişti. Buralarda yabancı olmasaydı, adamın yakasına yapışıp ne istediğini sorabilirdi. Amerika'da, bu sert çıkışları yüzünden başı çok derde girmişti; ama şimdi "benim" dediği ülkesinde yalnız ve tedirgindi.

Beşiktaş'ta bulduğu ev tam istediği gibiydi. Geniş bir salon, yine geniş sayılabilecek bir mutfak ve banyo. Arka tarafta da küçük bir oda. Evin, karşı sokağa bakan bir balkonu olması ise harika bir keyifti Sahra için.

Ev sahibesi Safiye hanım, iyi kalpli birine benziyordu. Uzun süre evine kiracı aramıştı. Güvenilir biriyle anlaşmak istiyordu. Bir gün içinde kontratı hazırlayıp karşılıklı imzaladılar. Geriye ufak tefek prosedürler kalmıştı.

Yeni eşyalar almak yerine, ikinci el olanları tercih etti Sahra. O eşyaların üstünde geçmiş olan hiç bilmediği yaşamlara dokunmak istiyordu belki de... İki önemli özelliği onu böyle farklı seçimlere itiyordu: Hiç bitmeyen bir merak ve herkesten farklı olma gayreti... Bu gayret yapıştırma bir çaba gibi değildi; onun özünü oluşturuyordu. Giyim kuşamında da siyah renklerin ağırlıklı olmasına dikkat ediyordu.

Birkaç gün içinde tüm eşyaları evine taşıttı ve iç düzenlemeyi yaptı. Ağır eşyaları gönlünce yerleştirmekte zorlansa da sonunda "burası benim yuvam" diyebileceği evini tamamlamıştı.

İlk günler evinden dışarı hiç çıkmadı. Ama onun özgür ruhu sıkılmaya başlamıştı artık. Biraz alış veriş yapmak ona iyi gelecekti. Nihayetinde oda bir kadındı. Saatlerce vitrinlere bakabilir, onlarca tezgahtarı çileden çıkarabilir ve hiçbir şey beğenmeyebilirdi. Öyle de oldu. Saatler sonunda sadece birkaç parça giyim ve evine yakışacağını düşündüğü bir-iki süs eşyası satın alabildi. Bu bile onun kadın ruhunu

dinginleştirmeye yetmişti. Bir sonraki alış veriş krizine kadar rahat olacaktı.

Elinde paketlerle henüz yollarını yeni yeni öğrenmeye başladığı evine doğru giderken, bir şey dikkatini çekti Sahra'nın. Karşı yönden kendisine doğru yaklaşırken, aradaki mesafe kısaldıkça adımlarını yavaşlatan birini fark etti. Bu kişi sarı beysbol şapkalı, güneş gözlüklü adamdı. Arkadan vuran akşam güneşi adamın yüzünü gölgeliyordu. Sahra, bu garip kişinin yüzünü görebilmek için çekik gözlerini kısarken, adam ani bir dönüşle ters istikamete doğru hızla yürümeye başladı. Sahra, adamın peşinden gitmekle adamdan korkmak arasında kalmıştı. Ne yapacağına karar verene kadar, bu garip adam gözden kaybolmuştu bile... Endişeli bir şekilde eve geldi ve annesini aradı.

- Anne.

- Sahra? Nasılsın kızım?

- İyim sağ ol. Siz neler yapıyorsunuz?

- Baban biraz önce şirkete gitti.

- Bir türlü alışamadım şu saat farkına.

- Olsun kızım. Önemli değil. Eşyalarını tamamlayabildin mi?

- Hiçbir eksiğim yok anne. Yarın okul açılıyor. İlk günüm olacak.

- Kimseyle tartışma kızım.

- Anne!

- Tamam kızma. Ben sadece uyardım. Seni tanıyorum çünkü.

- Anne uslu bir kız olacağıma dair sana söz veriyorum.

- Uslu ve inatçı olmayan!

- Tamam anne uslu ve inatçı olmayan! Hem bu konuyu da bu kadar abartmayın isterseniz ha!

- Sahra!

- Tamam anne... İnat yok!

- Sık sık da bizi arayan bir Sahra, değil mi?

- Anne daha dün aradım. Her dakika rapor veremem herhalde değil mi?

- Peki, son bir uyarı! Öğünlerine dikkat et.

- Babişimi öp. Bay bay.

Annesine sarı beysbol şapkalı adamdan bahsetmedi. Edemedi. Endişelenmesini istemiyordu. Kafasını biraz olsun dağıtabilmek için, ertesi günü düşündü. Okulun ilk günü olacaktı. Zaten alış veriş krizi de bu yüzdendi. Yeni okul. İlk gün. Ve yeni giyecekler. İşte harika üçlü. Erkenden yatmayı düşündü ama biliyordu ki asla yatar yatmaz uykuya dalamayacaktı.

Zengin bir ailenin kızı olmasına rağmen, israfı hiç sevmeyen Sahra, sabah uyanamadığı için okula taksiyle gitmek zorunda kaldı. Oysaki planında otobüse binip, insanlarla iç içe olmak vardı. Yaşadığı şehrin insanlarını daha iyi tanıyacaktı. Sabah kalkamamasının nedeni ise gece gelmek bilmeyen uykusuydu ve bir ara kan ter içinde uyanıp dolaba koşmasıydı. Kötü bir rüya kadar geceyi kabusa dönüştüren başka bir şey olamazdı.

Rüyasında beysbol şapkalı adamı evinin penceresinden içeri girerken görmüştü. Salonun koltuğunda uyuyan Sahra'nın üzerinden geçen adam elindeki sivri uçlu bıçakla yatak odasına doğru gidiyordu. Yatak odasında ise bir bebek vardı. Adamın o bebeği öldüreceğini anlayan Sahra, yerinden kalkmaya çalıştı ama vücudunun hiçbir uzvunu hareket ettiremedi. Bağırarak yardım istedi ama sesi çıkmıyordu. Korkunç bir rüyaydı. Rüyasını düşünürken, okula geldiğinin, taksi şoförünün yarım dakika beklediğinin farkında bile değildi.

- Geldik bayan.

- Pardon. Borcum nedir?

- 7 Lira.

- Buyurun.

- Allah zihin açıklığı versin öğrenci kardeşim, valla bu dalgınlıkla işiniz zor.

- Sizin işiniz daha zor. Benim dalgınlığım direksiyon başındakine göre daha risksiz.

Kapıyı sertçe kapatarak, taksiden indi. Gün kötü başlamıştı ve böyle devam etmemesini umuyordu. Okulun kapısından içeri girerken, kendini çok yabancı hissetti. Etrafındaki diğer öğrencilere baktığında yanında bir arkadaşı olmayan tek kişinin kendisi olduğunu fark etti.

Neyse ki öyle fazla arkadaş canlısı biri değildi. Yalnızlık ona her zaman yanılmamayı vermişti. Mutlaka birileri ona yaklaşacaktı bunu biliyordu ama bu ne kadar geç olursa, Sahra o kadar mutlu olacaktı. O yalnızca heykel yapmak istiyordu.

Kantinde içebileceği bir kahve ona iyi gelecekti. Elinde kahvesi ile kantinin tam ortasında durmuş, etrafa bakınarak kendine boş bir masa arıyordu. Dip köşelerden birinde üzerine çay dökülmüş bir masa onu çağırdı sanki. Kimse fark etmeden o tarafa doğru hızla yürüdü. Zira o masanın boş olmasının nedeni, sadece kirli olmasıydı.

Önce masanın üstünü cebinden çıkardığı kağıt mendille sildi ve sonrasında sırtını kantindeki diğer masalara dönerek oturdu. Duvarın ince çatlaklarını seyrederek kahvesini yudumlamaya başlamıştı. O duvardaki çizgilerden kendine şekiller yaratmaya başladı.

Arkadaki uğultuları saymazsak, Sahra'nın ilgilendiği tek şey ders zilinin çalmasıydı. Fakat korktuğu başına gelmişti bile.

- Affedersiniz yanınız boşsa oturabilir miyim?

- Yanım boş. Zaten o yüzden soruyorsun.

Gözlerini duvardan ayırmadan verdiği bu cevap, elinde sandviçi ile ayakta şaşkın bir şekilde bekleyen delikanlıyı yıldırmadı. Çevik bir hareketle Sahra'nın görüş alanına girebileceği bir pozisyon alarak masaya kuruldu...

- Yenisin galiba? Çöm olarak hiç de fena değilsin.

- Sen de tanımadığın kızların masasına akrobatik hareketlerle oturmakta bayağı usta sayılırsın.

- Tek boş masa buydu ne yapayım?

- Bende kalkıyordum zaten. Gerçekten tek ve boş bir masan olacak.

- Hey hey! Nereye? Daha adını bile söylemedin.

Masadan kalktı ve alaycı bir bakışla ilk defa delikanlının yüzüne bakarak, "Sormadın ki" dedi. Dönüp giderken tekrar geriye baktı ve "Zaten sorsan da söylemezdim" diyerek uzaklaştı.

Masada elindeki sandviçle kalakalan delikanlının ağzı hâlâ açıktı.

Sınıfa ilk girenlerden olmak için, acele adımlarla uzun koridoru geçti ve en dikkat çekmeyeceği yere oturdu. Elinde sadece bir kalem ve boş bir not defteri vardı. Okulun ilk günü ders yapılmayacağını iyi biliyordu. O en sevmediği tanışma faslı vardı çünkü. Gece gördüğü o korkunç rüyayı düşündü. Zorlasa da devamını getiremiyordu.

Bu arada sınıfa başka öğrencilerin de girdiğini fark etmedi bile. Tam yanındaki sandalyenin çekildiğini gördü. Yavaşça kafasını çevirip baktığında ise o sandviç canavarının yanına kuruluşuna baktı hayretle. Buna gerçekten çok şaşırmıştı; çünkü onu üst sınıflardan sanıyordu. Anlaşılan o da yeni başlayanlardandı.

Delikanlı Sahra'ya gülümseyerek "İşte tek ve boş bir sandalye daha" dedi. Sahra, kafasını öbür tarafa çevirirken "Neden ben" diye söyleniyordu. Sandviç canavarı ise pişkin gülümsemesini sürdürdü ve "Adım Yaman" diyerek elini uzattı. Bir an duraksadı Sahra. İlk defa böyle bir isimle karşılaşıyordu. Sandviç canavarının yüzüne uzun uzun baktı. Elini uzatarak "Sahra" dedi. Yaman gülümseyerek kendisine uzatılan eli sıktı ve "Memnun oldum" dedi.

Biran gözleri birbirine çakılı kaldı ikisinin de... Uzun sayılabilecek bir sessizlikten sonra içerideki diğer öğrencilerin sesleriyle ayrıldı elleri. Sahra "Bir şey var bu çocukta ama ne?" diye kafasından geçirirken, sınıf öğretmeni içeri girdi ve Sahra'nın o hiç sevmediği öğrenci tanışması faslı başladı.

Okulun ilk günü pek uzun sürmemişti. Sahra, okul kapısından çıkarken koşarak yanına geldi Yaman.

- Bir kahve içer miyiz?

- Sağ ol Yaman. Eve gitmeliyim. Kötü bir gün geçirdim.

- Benimle tanışman gününü neden bu kadar kötü etti anlayamadım?

- Seninle ilgisi yok. Sözüm olsun başka zaman.

- Tamam Sahra sen bilirsin. Görüşürüz.

- Görüşürüz.

Tam ayrılırken, Sahra yolun karşı tarafında yine o sarı beysbol şapkalı adamı gördü ve refleksel olarak "Yaman" diye geriye doğru seslendi. Sesindeki heyecan, Yaman'ı da panikletmişti. Koşarak yanına geldi ve ne olduğunu sordu. Sahra saklamak istercesine bir şey olmadığını, sadece kendisiyle Beşiktaş iskelesine kadar yürümek isteyip istemediğini sordu. Yaman şaşkınlıkla "tabii" diyebildi sadece. Sessizlik içinde yürümeye başladılar.

Sahra arada bir arkasına bakıyor ve yüzündeki tedirginliği belli etmemeye çalışıyordu. Durumu fark eden Yaman, ona ısrarla ne olduğunu soruyor fakat Sahra her seferinde "Hiç" cevabını yapıştırıveriyordu. İskeleye geldiklerinde Sahra biraz daha rahatlamıştı. Artık o adamın arkalarından

kendilerini takip etmediğinden emindi. İskelenin önündeki kalabalığı yararak, otobüs duraklarına doğru yürüdüler. Sahra bir kahve içimlik vakti olduğunu söyleyince Yaman, buna çok sevindi.

Hemen hemen tüm öğrencilerin uğrak yeri olan Hakan Kafe'nin kalabalık ortamında sohbete başladılar.

- Neden vazgeçtin Sahra?

- Anlamadım?

- Önce vaktim yok dedin, sonra benimle iskeleye kadar yürüme teklifinde bulundun, şimdi ise kahve içiyoruz. Neden?

- Anlatması zor biraz. Saçma bulabilirsin.

- Dene!

- Bak bu ülkede yeniyim ve hiçbir yeri bilmiyorum. Ben buraya Amerika'dan geldim. Babam Türk, annem Amerikalı. Ben bu ülkede okumak istiyorum. Ve seçimimi yaptım. Buradayım. Ailemi dinlemedim. Oysa onlar orada okutacakları "Hayırlı" bir evlatları olsun istediler. Ve sakın bana Amerika dururken neden burada okumak istediğimi sorma!

- Ailen hâlâ hayırlı bir evlat arıyorsa onlara iyi bir evlat olabilirim.

- Komik değilsin.

- Biliyorum.

- Her neyse işte. Biraz gerginim. Kimseyi tanımıyorum.

- Alındım ama şimdi.

- Daha bugün tanıştık Yaman.

- Olsun.

- Tamam özür dilerim. Bu ülkede sadece seni tanıyorum.

- Bu hoşuma gitti.

- Şanslısın. Kötü bir gündü ve seninle tanıştık. İyi günümde olsaydım, bilirdim sana yapacağımı.

- Üzülsem mi sevinsem mi?

- Sen bana aldırma. Zor biriyimdir.

- Orada yaşıyor olmana rağmen Türkçen çok iyi?

- Evet! Babam sağ olsun. Ondan öğrendim. Anneme de o öğretti. Evde hep Türkçe konuşuruz.

Kısa süren bir sessizlikten sonra ikinci kahvelerini söylediler. Yaman'ın kafasında hâlâ bazı soru işaretleri vardı. Sahra'yı anlamaya çalışıyordu. Bu kız biraz deli dolu, biraz içe dönük ama çokça çılgındı sanki. Amerika'daki ailesinden ve Türkiye sevdasından bahsetti uzun uzun. Ve sonra yine sustu. Gözleri bir noktaya sabitlenmişti.

- Sustun Sahra?

- Biliyorum. Bilinçliydi yani. Aslında seni korktuğum için çağırdım.

- Neden korktun?

- Sanırım takip ediliyorum.

- Kim takip ediyor seni?

- Bilmiyorum. Bir adam.

- Nasıl bir adam?

- Kafasında beysbol şapkası olan orta boylu bir adam.

- Nerden biliyorsun seni takip ettiğini?

- Birkaç kez karşıma çıktı. Beni izliyor. Ama aynı zamanda da benden kaçıyor.

- Seni izleyen biri neden senden kaçsın ki?

- Bilmiyorum.

- Peki o halde artık benim korumamdasın. Şaka etmiyorum.

- Çok iyisin ama bu ürkekliğim geçince ve biraz daha bu ülkeye alışınca kendi başımın çaresine bakarım Yaman, sen hiç merak etme. Sadece biraz korkmuştum o kadar. Şimdi iyiyim. Yardımına ihtiyacım yok.

- Harcadın gene beni?

- Hayır! Arkadaşız tamam mı?

- Tamam. Şimdi seni evine kadar götürmemi ister misin?

- Gerek yok sağ ol. Buraya yakın oturuyorum.

- Olsun ben yine de götürmek istiyorum.

- Peki. Teşekkür ederim.

Evin önüne kadar birlikte yürüdüler. Sahra arada bir yanında gülümseyen bu adama bakıyor ve anlamaya çalışıyordu. Gerçekten iyi niyetli birine benziyordu Yaman. Dalgalı uzun saçları kara mı kara gözleri ve kaşları vardı. 1.80 boylarında ve atletik yapılı biriydi. Yürürken etraftan bakan insanlarda iyi bir intiba bırakıyor gibiydi.

Onun bu güven veren duruşu, Sahra'nın tüm ön yargılarını değiştirmişti. Evin önüne kadar eşlik etmiş ve geri dönerken de cep numarasını vermeyi ihmal etmemişti. Başının belaya gireceği zaman veya kendisine ihtiyaç duyduğunda mutlaka aramasını sıkı sıkıya tembihlemişti. Sahra evine girerken, yüzünde mutlu bir gülümseme vardı.

Çamurlara elleriyle şekil verirken adeta bu dünyanın dışına çıkıyordu. Onu bu kadar mutlu edebilen başka bir sanat yoktu yeryüzünde... Heykellere şekil veren ince uzun parmakları dans eder gibi kıvrılıyor ve ortaya çıkan görüntüyü büyük bir mutlulukla izliyordu. Atölyenin gözlerden uzak bir köşesinde çalışan Sahra saatin çok geç olduğunu fart etti. Hemen toparlanıp çıkmalıydı.

Okul koridorları bomboştu. Ağır adımlarla uzun koridorlardan geçti. Binanın çıkış kapısına yaklaştığı sırada, kulağını hoş bir gitar tınısı yalayıp geçti. Melodi hiç tanıdık değildi ama eşsiz bir çekiciliği vardı. Yavaşça sesi takip etti. Boş olan dersliklerden birinden geliyordu bu tınılar.

Kapıya arkası dönük bir adam çalıyordu bu eşsiz melodileri yüzünü yerden ayırmadan, ve adeta başka bir boyuta geçiş yapmış olan bu yabancı kimdi acaba? İçeri girmekle girmemek arasında kaldı. Tam eşikte durdu ve dinlemeye başladı. Şarkının içinde "Mavi ev" diye bir cümle geçiyordu. Bu bölüm dikkatini çekmişti. Adamın çaldığı eser bittiğinde bir an ne yapacağına karar veremeyen Sahra, önce hızla oradan uzaklaşmayı düşündü fakat ayakları onu oraya adeta mıh gibi çivilemişti. Adam arkasına doğru baktı. Sahra ile göz göze geldi. O kadar keskin bakışları vardı ki bir mum kütlesini bile eritebilirdi adeta...

Heyecandan dili tutuldu Sahra'nın. Hiçbir şey söyleyemeden öylece kalakaldı. Adam sessizce yerinden

kalktı, gitarını özenle kılıfının içine yerleştirdi ve yavaş adımlarla Sah-ra'ya doğru yaklaştı. Çok da iri olmayan cüssesi sanki bütün odayı dolduracak gibiydi. Yanık bir ten ve yemyeşil gözler...

Sahra birden adamın kendisine doğru yaklaştığını fark etti. Kalp atışları iyice hızlanmış, dizleri titremeye başlamıştı. Sanki gizli bir şey yaparken yakalanmış bir insanın suçluluğunu yaşıyordu ve birazdan üzerine yürüyen bu adam, ondan hesap soracaktı. Al al olan yanaklarından utandı ve başını öne eğdi.

Adam tam karşısında durdu. Gözlerini bir mızrak gibi Sahra'nın gözlerine saplamıştı. O kadar yaklaştı ki aralarında sadece santimler kaldı. Bir eliyle tuttuğu gitarı, diğer eline aldı ve boşta kalan elini Sahra'ya doğru uzatırken, ne yapacağına karar veremeyen Sahra'nın dudaklarından sadece mırıltı halinde "şey" diye bir kelime çıkabildi.

Adam havadaki elini Sahra'nın hemen arkasındaki duvara doğru uzattı ve odanın ışığını kapattı. Sahra artık sadece koridordan dersliğin içine giren flüoresan aydınlığı ile adamın yüzünü görebiliyordu. Adam gözlerini Sahra'dan ayırmadan yanından geçip odayı terk ettiğinde, Sahra rahat bir nefes alabildi. Hiçbir şey konuşmadan öylece çıkıp gitmişti. Sahra bir an için arkasından koşup, özür dilemek istedi ama buna cesaret edemedi. Öyle ya nihayetinde izinsiz olarak onu dinlemişti.

Okuldan çıkarken, adamın gözleri hâlâ gözünün önündeydi. Adeta "Ne hakla beni izinsiz dinlersin" diye bakan gözlerini düşündü... Yaptığından çok utanmıştı. Onu oraya çeken melodiler beyninde tekrar canlandı. Ve o yemyeşil gözler...

Artık iyiden iyiye samimi olan Yaman ve Sahra kantinde oturmuş kahvelerini içerken, bir yandan da derslerinden konuşuyorlardı. İkisi de halinden memnun görünüyordu. Bir ara konuşmalarının arasında Yaman sordu:

- Tarantino sever misin?
- Tarantino'yu kim sevmez?
- Güzel! Yeni filmi vizyonda desem, "aa ne olur götür beni" der misin?
- Demem çünkü kendi başıma da gidebiliyorum Yaman!
- Hadi Sahra! Bırak bu yabaniliği artık. Bak üç aydır tanışıyoruz seninle.
- Şaka yapıyorum. Gideriz tabii.
- Tamam o zaman bendensin.
- Hayır herkes kendi parasını verecek.
- Olmaz öyle şey! Ben o konularda klasik bir adamım.
- Vay vay vay!
- Sinemadan sonra yemeği sen ısmarlarsın ödeşiriz.
- Yani araya yemeği de soktun ya helal olsun.
- Anlamamış gibi yapsan olmazdı değil mi?
- Ne kadar cins biri olduğumu hala öğrenememişsin.

Biran sessizlik yaşandı aralarında. Yaman, Sahra'nın gözlerinin içine bakarak, aslında karşısındaki kızın çok tuhaf ama aynı zamanda çok ilginç bir karaktere sahip olduğunu düşündü. Ve birdenbire aklına beysbol şapkalı adamı sormak geldi:

Senin beysbolcu ajan ne alemde?

Bilmem... görmüyorum artık

Ya da daha iyi sdaklanıyor?

Olabilir. Neyseki benim artık bir Yaman'ım var. kurtarır beni.

Dalga geçme de söyle. Gerçekten ortalıkta değil mi o Sherlock Holmes?

En son gördüğüüm zamanı biliyorsun zaten. Ondan sonra sonra hiç çıkmadı karşıma.

- Tamam o zaman. Okulun şu resim bölümünü merak ediyorum. Gezmeye ne dersin?

Neden olmasın?

Beraberce resim bölümüne geçtiler. Okulun tüm öğrencileri gerek kıyafetleri, gerekse yaşam biçimleri açısından çok farklı kişiliklerdi. Sanatla uğraşmanın bir gereği olarak düşünmüşlerdi farklı görünmeyi. Ama çoğu, bu farklılığı sadece dış görünüşünde var kılıyordu. İçlerindeki tek gerçek, farklı olmak değil, farklı gözükmekti. "Mış" gibi yapmak, onları, aslında içlerindeki eksikle yüzleşmekten koruyordu.

Kendileri ve diğerleri olarak ikiye ayırmışlardı dünyalarını. Diğerleri normal, ama kendileri sıra dışıydı. Sıradışı olmak özgürlüktü. Ama herkesin kendisini sıra dışı olarak gördüğü bir yerde, gerçek sıra dışları, kendilerini sıra dışı görmeyenler oluyordu.

Bu konu üzerine çok konuşmuşlardı Yamanla... Resim bölümüne doğru giderlerken de yine aynı mevzu üzerine konuşuyorlardı. Yanlarından geçen "sıra dışı"lara acıyarak...

Resim bölümünde daha sakin bir hava vardı sanki. Önlerindeki tuvallere hayallerini döken öğrencilerin yüzünde, duru bir ifade görülüyordu. Uzaktan onları izlediler. Daha sonra tek tek tabloları seyrettiler. Aralarında gerçekten çok iyi resimler olmasına rağmen, böyle bir bölüme yakışmayacak yetersizlikte olanlar da vardı. Özel yetenek sınavı ile öğrenci alan her üniversitede torpil olurdu. Ve bazı yeteneksizler hocalardan yüksek ücret karşılığı özel dersler alarak, bu sınavı rahatça geçip, yeteneksizliklerine diplomalar ekleyebiliyorlardı.

Geniş atölyenin iç taraflarına doğru gittiklerinde ortalıkta gelişigüzel duran tuhaf resimler gördüler. Hepsinin de sağ alt köşelerinde "s.s." imzası vardı. Uzun uzun o resimleri seyrettiler. Yaman, "gereksiz bir anlamsızlık yüklü bu resimlerde" yorumunu yaparken, Sahra, büyük bir hayranlıkla izliyordu. Bu büyük ilgiyi fark eden Yaman, onu bir süre bu tablolarla baş başa bıraktı ve biraz ötede resim yapmakta olan birini seyretmeye koyuldu.

Seyrettiği kişi, attığı her fırça darbesinde kemanını okşayan bir virtüöz gibi kendinden geçiyordu. Yaman şanslıydı; çünkü bitmek üzere olan bir tabloya bakıyordu o an... Ressam tablosunu bitirdikten sonra sağ alt köşeye "s.s." imzasını attı. Bunu gören Yaman, hemen Sahra'nın yanına dönerek, "senin çılgın ressamı buldum galiba" dedi. Kolundan çekilerek adamın yanına sürüklenen Sahra, ressama doğru yaklaştıklarında aniden durdu.

- Gitar çalan adam.

- Sahra karıştırdın. Konservatuar bölümünde değiliz. O adam resim yapıyor.

- Ben bu adamı gitar çalarken gördüm ama?

- Nerde?

- Boş dersliklerin birinde tek başına gitar çalıyordu. Ben de durup biraz dinlemiştim.

- Eee, ne var bunda? Bir insan hem resim yapıp hem de gitar çalamaz mı yani? Bence tek sorun ikisinin aynı anda yapılmaya çalışılmasıdır.

- Of Yaman! Çalabilir tabii... Sen hem sandviç yiyip hem konuşabildiğine göre!

- Dalga geçiyoruz galiba? Hadi gel tanışalım adamla.

- Buna hayır demem işte.

Tedirgin adımlarla adama doğru yaklaşırlarken, konuşmalarına şahit olan bir öğrenci yanlarına yaklaşıp "adı Serkam" diye fısıldadı. Bir an için ne olduğunu anlayamayan Yaman, "anlamadım" diye sordu:

- Tanışmak istediğiniz kişinin adı Serkam Sevi. Ben tanıyorum. O yüzden tablolarının altına s.s. imzası atar.

- Biz de tanımak üzereydik ama gereksiz bir uyarının ortasında bulduk kendimizi. Sen şu sinemada filmlerin bir sonraki sahnelerini yumurtlayan elemanlardansın herhalde?

- Ben sizi uyarmak istedim.

- Pardon da neye karşı?

- Serkam hocaya karşı. Biraz terstir kendisi.

Yaman'ın, bakışlarının biraz sertleşmeye başladığını gören Sahra, hemen araya girdi:

- Kişiliği bizi ilgilendirmiyor. Sanatıyla ilgiliyiz biz.

- Zaten kendisi arada bir bizim derslere girer. Burada asistan hocadır.

- Asistan hoca mı?

- Evet. Asistan hoca. Ama pek konuşmaz. Konuştuğu zamanda tersler. Ben sadece bu konuda uyarmak istedim. Kusura bakmayın.

- Ne kusuru canım. Önemli değil.

- Size kolay gelsin.

Alaycı bakışlarını Yaman'ın üzerinde yoğunlaştıran delikanlı oradan uzaklaşırken, kafaları karışan Sahra ve Yaman ne yapacaklarına karar veremediler. Sahra "Ne diyorsun?" diye sordu. Yaman'ın cevabı netti. "Biraz gerildim. Vazgeçelim". Uzaklaştılar. Ama Sahra'nın aklı hâlâ Serkam'daydı.

Gece uyku tutmamıştı. Aklında o yabancı adam vardı. Serkam!

Evden çıkarken, niyeti okulda onu görebilmekti yine... İlk defa okul koridorlarında gözleri birisini arıyordu. Kararlıydı; o resimleri yapan adamla mutlaka konuşacaktı...

Soluğu yine atölyede aldı. Ve o beklediği an! Serkam karşısında durmuş, sanki "gel benimle tanış" der gibi bakıyordu. Heyecandan dizleri titremeye başlamıştı. Sakin olmaya çalışarak ona doğru yürüdü. Nasıl bir giriş yapacağını bilmiyordu. Aralarında birkaç adım kalmıştı ki durdu. Adam gözlerini hiç ayırmadan ona bakıyordu. Bakışları Sahra'nın gözlerini delip geçiyordu adeta. Yutkundu ve tam "merhaba" demeye çalışırken, Serkam "Neden vazgeçtin?" dedi.

Şaşırmıştı Sahra. Yüzünde anlamsız ifadeler dolaşırken Serkam yine konuştu: "Dün o kadar yakınıma gelip, tanışmak isterken, bir öğrencinin söyledikleri neden seni vazgeçirdi?" diye sordu.

Demek olup biteni biliyordu. Nasıl duymuş olabilir diye düşünürken, Serkam'ın kafa karışıklığının yüzünde yarattığı anlamsızlığı fark ettiğini düşündü ve hemen toparlanmaya çalıştı. İstemeden, birisini etkilemek için kullandığı bakışlarını takınarak adeta "beni şaşırtamadın" dercesine atıldı. "Çünkü öğrencin çok inandırıcıydı. Doğru söylediğini düşündüm." dedi.

Yüzüne geri dönen "kendime güveniyorum" ifadesini cömertçe kullanıyordu Sahra. Artık konuşma sırası Serkam'daydı. Bakışlarını hiç çekmeden konuşmaya başladı:

- Sence doğru mu söylemiş?

- Bilmem! Daha otuz saniye oldu konuşmaya başlayalı.

- Aslında öğrenci haklı. Evet az konuşurum. Hatta bazen hiç!

- Pek öyle görünmüyor şu an.

- Resimlerimi anlayanlarla birkaç kelime konuşurum.

- Benim anladığımı nerden çıkardın.

- Gözlerinden.

- …

- Herkes resimlerimi anlamsız bulurken, sen onlara bakışlarınla anlam yükledin dün.

- Sen habersiz beni mi seyrediyordun? Bu biraz haksızlık oldu ama şimdi.

- Evet! Tıpkı ben tek başıma şarkı söylerken, senin beni dinlemendeki haksızlık gibi.

Utanmıştı Sahra. Ne söyleyeceğini bilemedi. Yanaklarının ısındığını fark etti. Boş gözlerle adamın yüzüne bakarken, bir taraftan da ne söyleyebileceğini düşünüyordu ama sonuçsuz bir girişimdi. Adam arkasını dönüp gidiyorken, Sahra sadece "dur" diyebildi. Bir refleks haliyle söylenmiş bir şeydi. "Dur"... ama gerisi yoktu. Sessizlik vardı ardında. Ne söyleneceğinin belli olmadığı aşikar bir sessizlik...

Adam durdu ve arkasına bakmadan hafifçe geriye doğru eğdi yüzünü. Sanki "ne söyleyeceksen hemen söyle" der gibi bir ifadesi vardı. Ama Sahra'nın elinde bir "dur"undan başka hiçbir şeyi yoktu. Eğer söyleyecek bir şey bulamazsa, yeni yeni aralanmaya ve içeri ışık almaya başlayan bir kapının

sertçe kapanacağını duyumsadı. O kapının ardına kadar açılmasını ve adamın içeri girmesini istiyordu Sahra.

Sesi titreyerek hiç düşünmeden sordu: "Bir kapının açılması için ne gerekir?" Serkam, yeşil gözlerini Sahra'nın siyah gözlerine adeta çakarcasma bakarak "O kapının kapalı olması gerekir" dedi.

Beklide hayatında ilk defa ummadığı bir soru sorup, ummadığı bir cevap almıştı Sahra...

Kapılar vardır kapanan... İçten dışa, dıştan içe... İçimizden dışımızdakilere kapattıklarımız ve dışımızdakilerin içe doğru yani bize kapattıkları. Ve bazen bir kapı aralığında unutuluyor adına aşk denebilecek bütün bakışmalar.

O günden sonra Sahra'nın derslerinden artan tüm zaman dilimleri resim atölyesinde geçti. Serkam'ın tablolarına yaptığı yorumlar onu şaşırtıyor ve birkaç kelime konuşmasını sağlayabiliyordu. Dışardan da dikkat çeken bu yakınlaşma, dedikodu çarklarının işlemesine de sebep oluyordu.

İkisi yan yana geldiğinde dünya umurlarında olmuyordu. Sahra, her gün biraz daha karnında uçuşan kelebeklerin etkisi altına giriyor ve mutlu dakikalarının kısıtlı olması artık onda huzursuzluk yaratıyordu. Serkam'la daha çok birlikte olmak, onunla daha fazla paylaşımlar yaşamak istiyordu. En önemlisi de bunun bir adı olmalıydı. Düşündüklerini sadece Yaman'la paylaşabilirdi. Öyle de yaptı:

- Ona giderek daha fazla bağlanıyorum Yaman!

- Ne var bunda?

- Korkuyorum.

- Bence korkmanı gerektirecek hiçbir şey yok ortada.

- Haklısın ama ne bileyim işte. Aramızda müthiş bir gizli dil var. Her konuda çok iyi anlaşıyoruz. O çok konuşmuyor ama yine de anlaşabiliyoruz.

- Peki aşk.

- Olmaz mı?

- Söyledin mi?

- Hayır.

- Neden?
- Bilmiyorum.
- Neyi bekliyorsun?
- Bilmiyorum.
- Bence bildiğin tek şey var o da aşk.
- Evet. Sanırım.
- Konuşmalısın Sahra.
- Bu ilişkide konuşan taraf benim zaten.
- Konuşmakla gevezelik yapmak aynı şey değil Sahra!
- Saçmalama Yaman. Ben gerektiği kadar konuşuyorum.
- Bence en gerekli olan konuşmayı daha yapmamışsınız.
- Neymiş o?
- Tüm hareketleriniz aşk'a çıkarken, aşkı konuşmamışsınız.
- Belki de biz onu yaşıyoruz da o yüzden konuşmuyoruzdur?
- Eylemlerin kelimelere dökülmüş hali büyük eksikleri tamamlar bazen.
- Çok biliyorsun sen!
- Neden sen söylemiyorsun?
- Neyi?
- Ona aşık olduğunu?
- Bundan sakınacak bir yapıda olmadığımı biliyorsun Yaman!
- E, o zaman neyi bekliyorsun?

O an durdu ve düşünmeye başladı Sahra. Evet! Neyi düşünüyordu? Gidip Serkam'a aşık olduğunu söylese ne kaybedecekti? Hem kendisi değil miydi diğer hemcinslerinden her zaman daha farklı olan. Böyle şeyleri

her zaman erkeklerden bekleyen kadın cinsinden olmaması ile hep övünmez miydi!

- Onunla konuşmalıyım!

- Ben de onu diyordum işte.

- İkimiz de hayallerimizin peşinden koşan insanlarız ve birbirimizin peşinden koşmak için neyi bekleriz anlamam?

- Valla ben de anlamıyorum Sahra! Git, hemen ona aşık olduğunu söyle.

- Biliyor musun sen benim en iyi dostumsun.

- Biliyorum.

- Ve en şımarık!

Gülüşerek ayrıldılar. Şimdi daha mutluydu. Yaman'da bulduğu huzur bambaşkaydı Sahra'nın. Karşısında karşı bir cins değil de bir insan duruyordu hep. Bunu yaşamasının nedeni de Yaman'ın şahsiyeti ve insan duruşuydu.

Sahra'nın gözleri tüm gün okul koridorlarında Serkam'ı aradı. Nihayet açık açık konuşmaya karar vermişti. Ona aşık olduğunu söyleyecekti. Hiçbir ima ve kelime oyununa başvurmadan en kararlı biçimde anlatacaktı.

Dersliğin tam önünde karşılaştılar. Kendinden emin yürüdü Sahra. Serkam'ın gözleri gözlerindeydi. Ona iyice yaklaştı. Kararlıydı, söyleyecekti. Tam dudakları kıpırdamaya başlamıştı ki Serkam birden söze girdi. "Evet Sahra! Ben de sana aşığım!"

Sahra'nın yüzünde şaşkınlıkla aptallık arasında bir fırtına koptu. Ters bir rüzgar yemiş yelkenlinin kabullenilemeyen batışı vardı gözlerinde. Yüz kasları gülmek ve ağlamak arasında say etti. Gözpınarlarından sessizce süzülen yaşların farkında bile değildi.

Karşısındaki bu müthiş adam, aşkı kendisinden önce itiraf etmişti. Şimdi ne yapmalıydı? Buna hiç hazırlıklı değildi. Böylesi anlarda ne söylenirdi ya da nasıl susulurdu. Bilemedi... Sessizliğe bıraktı her şeyini. "Keşke çok daha önce söyleyebilseydim" diye geçirdi aklından. Serkam ise Sahra'nın gözlerinden süzülen yaşları elleriyle siliyordu. Sevdiğinin elleri mendiliydi artık Sahra'nın.

Göz altlarında eğleşen mendil şimdi bir avuç içi oldu ve sağ yanağını o avucun içinde sakladı. Yüzünü hafifçe yukarı kaldıran Sahra, kızarmış gözleri ile Serkam'a baktı. Yine bir şeylere geç kalmıştı. Geç kalmak onun adıydı

artık diye düşünürken, Serkam sanki onun düşüncelerini okumuşçasına "Kimse geç kalmadı. Aşk erken geldi" dedi. Şimdi susarak aşkın içinde boğulma zamanı başlamıştı.

Zaman hızla akıp giderken, ilk yılın yaz tatili gelip çatmıştı. Biten sadece bir yarı yıl değildi. Yeni aşkın en güzel dakikalarıyla süslenmiş armağan zamanlardı. On beş günlük tatilde Amerika'ya gitmeyi, kendisini özleyen ailesini mutlu etmeyi aklından bile geçirmedi. Onun mutlu yeri, Serkam'ın yanıydı... Şimdilik...

Serkam'ın stüdyo tipi evinde geçen ve sanat dolu on beş gün... Sahra'nın temel öğe olduğu her tabloya cevaben yapılmış heykeller...

Serkam ve Sahra arasında sanat diliyle bir iletişim başlamıştı. Bunun en somut örneği, Serkam'ın Sahra'yı uyurken resmeden tablosuydu. Yatağa uzanmış, uzun saçları omuzlarından bir nehir gibi süzülürken resmedilen bir tablo. Aslında onu uyurken seyretmeyi çok seviyordu Serkam. Saçlarının yatağa dağılışı, başının yastıkta oluşturduğu çukur, dudaklarının hafifçe kendini ileri bırakması, kapanan gözkapaklarında birbirine kenetlenen alt ve üst kirpikler, yüzündeki o saf ve savunmasız masum ifade... Adı kadar iyi biliyordu bunları ve çiziyordu.

İşte çizdiği bu son resimde Sahra'nın eli tablonun dışına çıkacakmış gibi uzanırken bir parmağının da bir şeyi bekler gibi durduğu anlaşılıyordu. Kendisini çok etkileyen bu tabloya sanat diliyle cevap vermeliydi Sahra... Verdi de...

Tablonun dışına doğru uzanan parmağa yüzük takan diz çökmüş bir Serkam heykeli... Heykel tablonun yayına konduğunda işte bu görüntü çıkıyordu ortaya. Ne söylemek istedikleri apaçık ortadaydı ve her şey sanatla süsleniyordu...

Sevgililerin bu sessiz dili hızla akıp giden on beş günde hiç susmadı. On beş gün, on beş saniye gibi akıp geçti.

İkinci yarıyılın ilk günü, okuldaydı yine Sahra. Gözleri tanıdık birini arıyordu. İşte o tanıdık biri kantinde en sevdiği sandviçi yiyordu şu an. Hızla Yaman'ın yanına gitti.

- Merhaba Yaman.

- Tanışıyor muyuz hanımefendi?

- Tamam haklısın. Seni arayıp sormamam tam bir eşeklikti ama sen sebebini biliyorsun. Hem dostunun sana haberleri var.

- Ya neymiş o dost haberleri?

- Ama önce bu bayanla tanıştığını, hafızanı yoklayarak hatırlaman lazım sandviç canavarı.

- Tamam tamam merak ettim hadi söyle. Serkam'la aranız iyi galiba? Yoksa evlenip on beş tane çocuk doğurmaya mı karar verdiniz ha?

- Şakacı şey!

- E, hadi ama anlat.

- Harika bir birliktelik yaşıyoruz ve ben aşığım.

- Sakin ol geçer!

- Dalga geçme ya! Ben ciddiyim. Hayatımda ilk defa böyle bir şey yaşıyorum.

- Peki nedir şimdi geleceğe yönelik planlarınız?

Duraksadı Sahra. Böyle bir soru, beklediği olmak bir yana kendine bile sormadığı bir soruydu. Bir süre dalgın gözlerle düşündü ve onca iletişime rağmen, aralarında geleceğe ilişkin hiçbir somut adım atılamamıştı. Yaman'a

söyleyebileceği hiçbir planı yoktu gelecek adına. Sustu. Yaman anladı ve başka hiç bir şey sormadı. Birlikte okulun bahçesine çıktılar. Ağaçlı yolda yürürken, Sahra yaşadığı o büyük aşkı tekrar tekrar anlattı. Çok seviyordu. Yaşadığı tek sorun, Serkam'ın çok az konuşmasıydı. Hele özel hayatıyla ilgili hiç bir şey anlatmaması çok üzüyordu Sahra'yı. Ailesiyle ilgili hiçbir şeyi bilmiyordu. Ne annesi ne babası ne bir akrabası. Sadece masanın üzerinde bir mektup görmüştü bir keresinde. Onunla aynı soyadını taşıyan bir erkeğin adının yazılı olduğu bir mektup. Kardeşi olabilir mi diye düşünmüştü Sahra. Hiçbir şey soramıyordu.

Bunları bir çırpıda anlattı Yaman'a. Çok mutluydu ama kafasında hep geriye attığı yüzlerce soru işareti vardı. Bu yüzden anı yaşamak adına hep erteliyordu bunları.

"Çok iyi tanımadığın bir adamı nasıl bu kadar çok sevebiliyorsun" diye sordu Yaman. Sahra hemen "Onun dili resimlerinde. Kendini resimleriyle ifade ediyor" diye atıldı. Verdiği cevabın yeterli olmadığını kendi de biliyordu... Yaman'da... Sustular.

Ertesi gün, yine Serkam'ın yanındaydı Sahra. Ama bu sefer ona bir şeyler sorabilmek için kendini daha güçlü hissediyordu. Yeni başladığı tablosunun başında kendinden geçerken, Sahra'da hemen arkasında kahvesini yudumluyordu. Birdenbire ona en büyük hayalini sordu:

- Her insanın bir hayali vardır. Pek merak edilecek bir yanı yok!

- Olsun sen yine de söyle.

- Aslında hayal bile denemez benimkine.

- Bunu kim bilebilir ki? Bazen bir çocuğun çok büyük hayalleri olabilir. Bazen de bir büyüğün çok çocuk.

- Çocukluk hayali mi yoksa büyük bir hayal mi bilmiyorum ama küçükken kardeşimle birlikte hep bir ev hayali kurardık. Her tarafı mavi olan bir ev.

- Deniz kıyısında mı?

- Evet.

- Önü deniz, arkası orman mı?

- Bunu nereden tahmin edebildin Sahra?

- Seni seviyorum.

Serkam, Sahra'nın bu tanımına çok şaşırmıştı. Sonrasında biraz da olsa çözüldü dili. Evet! Onun istediği, deniz kıyısında mavi bir evdi. Önü deniz, arkası orman olmalıydı. Önünü mavilere, arkasını yeşillere dayamalıydı. O evde hayatının en güzel resimlerini yapacağına inanıyordu. Ve şimdi o hayalin yeni bir ortağı vardı.

Günlerce kısa kısa da olsa mavi evden bahsettiler. Birlikte o evi yapacaklardı. Evlenip yerleşeceklerdi. Bir de çocukları olacaktı. Adı Barış olan... İstedikleri gibi bir mekanın neresi olacağını araştırdılar. Karadeniz! İşte mavinin ve yeşilin kucaklaştığı yer.

Serkam, gezgin bir fotoğrafçı arkadaşının bu sene Karadeniz'i gezeceğini ve mavi eve uygun yerlerin fotoğraflarını çekeceğini söyledi. Heyecanla fotoğrafların geleceği günü beklemeye başladılar.

Ve beklenen gün geldi. İkinci yarı yılın sonlarıydı. Sahra'nın evinde temizlik yapmaya karar verdiği bir Pazar günü aniden çaldı telefonu. Arayan Serkam'dı.

- Canım hemen buraya gelmelisin.

- Ne oldu Serkam?

- Fotoğraflar geldi.

- Harika!

- Hadi acele et.

- Tamam aşkım temizliği bitirir bitirmez geliyorum.

Hayatının en hızlı temizliğini yaptı. Neyse ki eli çabuk biriydi. Daha fazla oyalanmadan evden çıktı ve bir taksiye bindi. Kısa bir süre sonra Serkam'ın evinin önündeydi. Zile basıp beklemeye başladı. Makul bir süre geçtikten sonra çantasındaki yedek anahtarı aldı ve kapıyı açtı. Serkam'ın duş aldığını düşünüyordu. Salona geçti. Banyoya doğru seslenmek istedi fakat su sesinin duyulmadığını fark etti. Önce banyoya sonra diğer odalara baktı. Kimse yoktu. Markete gitmiş olabileceğini düşünerek tekrar salona döndü ve ortadaki büyük koltuğa oturdu. Salondaki sehpanın üzerinde yarıya kadar içilmiş bir kahve ve yeni söndürülmüş bir sigara vardı.

Oysa anlattığına göre Serkam sigarayı bırakalı uzun yıllar olmuştu. Tekrar başlaması garibine gitti Sahra'nın. Masanın üzerinde sarı bir zarf gördü. Bu kalın zarfın içinde Serkam'ın beklediği fotoğraflar vardı. Karadeniz sahillerinin birbirinden güzel fotoğrafları. Büyük bir heyecanla tek tek bakmaya başladı. Kalbi hızla atıyordu. Fotoğrafları

numaralandırmıştı Serkam. O gelene kadar en seveceği yeri bulmalıydı. Buldu da...

Aradan yarım saat geçmişti. Serkam hâlâ ortada yoktu. Sahra endişelenmeye başladı. Hemen cep telefonunu aradı. Kapalıydı. İyice telaşlandı. Bir şeyler ters gidiyordu. Aklına hemen Yaman'ı aramak geldi. Aceleyle numarayı çevirdi ve bir çırpıda anlattı. Yaman ona sakin olmasını belki Serkam'ın kendisine bir sürpriz yapmak isteyebileceğini söyleyerek onu yatıştırdı.

Beklemeye devam ediyordu Sahra. Fakat saatler geçmesine rağmen ne bir kapı zili ne de bir telefon çağrısı duyuldu.

Sabah oldu. Sahra koltukta uyuyakalmıştı. Okula da gidememişti. Hemen Yaman'ı aradı. Serkam'ın okulda olup olmadığını sordu. Cevap bir kez daha yıkmıştı onu. Serkam hiçbir yerde yoktu! Ne yapacağını bilmiyordu. Eli kolu bağlanmıştı. Acaba polise mi haber vermeliydi? Tekrar Yaman'ı aradı. Sesinde bir çaresizlik vardı. Yaman ona sakin olmasını ve hemen oraya geleceğini söyledi.

Çok geçmeden Sahra'nın yanındaydı. Oturup konuştular. Yaman, adeta bir dedektif gibi her türlü detayı soruyor, Sahra'da bir yandan cevap verip diğer yandan ağlıyordu. Kaçta aradığı, ne dediği, Sahra'nın bu eve kaçta geldiği, geldiğinde olağanüstü bir şeyle karşılaşıp karşılaşmadığı vs.

Sonunda bir şeyi fark etti Yaman. Evde içilmiş bir sigara vardı ama Sahra'nın söylediğine göre Serkam sigarayı

bırakalı çok olmuştu. Üstelik evde herhangi bir sigara paketi de yoktu. Bu durumda eve başka biri gelmiş olabilirdi.

- Sen bilirsin Sahra, Serkam kahvesini kaç şekerli içer?

- Şeker kullanmaz.

Bu cevabı duyan Yaman hemen sehpanın üzerinde duran yarım bırakılmış kahveden bir yudum aldı.

- Bu kahve şekerli Sahra!

- Demek ki evde başka biri vardı?

- Evet.

- Ne yapacağız şimdi?

- Polise haber vereceğiz.

- Tamam Yaman. Çok endişeleniyorum.

- Polisler olayı açıklığa kavuşturur hiç merak etme.

- Eğer ona bir şey olursa yaşayamam ben.

Kalktılar ve birkaç sokak ilerde olan karakola gitmek için evden çıktılar. Sahra'nın yanında fotoğraflar vardı.

Günler süren inceleme ve araştırmalar hiçbir şeyi değiştirmedi. Serkam kaybolmuş veya kaçırılmıştı. Sahra günlerce ağlamış, Yaman hep yanında olup ona destek olmaya çalışmıştı. Fakat günden güne eriyen ve adeta bir hayalete dönüşmeye başlayan Sahra'ya hiçbir teselli, kâr etmiyordu.

Okul kapanmış ve ilk yıl sona ermişti. Sahra'nın Amerika'ya dönmesi gerekiyordu. Yaman o gün Sahra'nın evine geldi. Sırt çantasını hazırlamış olan Sahra'nın, gitmek için son hazırlıkları yapmış olduğunu gördü. Birlikte bir kahve içmek için ara verdi hazırlıklarına Sahra. Balkona geçtiler.

- Biliyorum bunu söylemenin zamanı değil ama kafamda türlü senaryolar var Sahra.

- Çok yoruldum Yaman. Son enerjimle başladığım bu işi bitireceğim.

- Bitirmek derken?

- Sen şimdi benim ailemin yanına gideceğimi düşünüyorsun değil mi?

- Evet.

- O ortada yokken ben ailemin yanına gitmem Yaman! Onu aramaya çıkıyorum.

- Delirdin mi Sahra! Nasıl yapacaksın bunu?

- Delirmedim. Bana yakışan budur. Batı Karadeniz'den başlayıp, Doğu Karadeniz'e kadar bütün sahilleri arayacağım. Yıllarımı alsa da bulacağım onu.

- Seninki samanlıkta iğne aramak.

- Ben mavi bir ev arayacağım Yaman. O, hayalinin peşinden gitti biliyorum.

Ellerinde kahvelerle bir sessizliğe gömüldüler. Vakit gelmişti. Evden çıktılar. Otogara doğru hüzünlü ve içinde gizli bir umut taşıyan yolculuk başladı.

Perondaki otobüs yolcuların gelmesini bekliyordu. Otobüsün kapısının önündeki ayrılık fazla uzun sürmedi. Sahra yerine oturduktan sonra otobüsün camından dışarı baktı. Hüzünlü gözlerle onu izleyen Yaman, gözlerinde onu bıraktığı vedayla oradan uzaklaştı. Sahra şimdi bilmediği yerlerde mavi bir ev arayacak ve vazgeçmediği inadıyla umutsuz bir umudun peşinden koşacaktı.

Başını cama yasladı ve yanına birinin oturmaması için dua etmeye başladı. Kimseyi çekecek durumda değildi. Ne bir sohbet ne de ilgiydi beklediği. Kafasından geçen tek şey bir zamanlar hayatın başka bir boyutunda varlığına anlam katan adamı bulmaktı. Yanındaki boş koltuğa baktı. Otobüs yavaş yavaş hareket ediyordu.

Şoför birden frene bastı. Otomatik kapı açıldı ve içeri tanıdık bir yüz girdi. Ağır adımlarla Sahra'nın yanındaki boş koltuğa oturdu. Elindeki bileti önündeki koltuğun arka tarafındaki filesinin içine koyarak Sahra'ya döndü ve "filmin bu karelerinde bende olmalıydım" dedi. Sahra dudağında yarım bir gülümsemeyle Yaman'a sarıldı. Otobüs peronu terk etmişti.

Birkaç saatlik yolculuğun sonunda Zonguldak'taydılar. Küçük ve bakımsız otogarda insan sesleri arasından sıyrılarak yemek yiyebilecekleri salaş bir taşra lokantasına gittiler. Sahra yemekte hiç konuşmadı. Yaman'ın dudaklarından dökülense

ona güç verecek birkaç sözcük öbeğiydi. Yemekten sonra Sahra fotoğrafları çıkararak Yaman'a çeşitli tahminlerini anlattı. Farklı yerlerin farklı fotoğrafları arasından sadece tahmin edebilecekleri en doğru yerleri seçmek zorundaydılar.

Lokanta sahibine sahile nasıl gidebileceklerini sordular. Adamın yönlendirdiği gibi hareket edip bir solukta sahile indiler. Önlerinde uzanan kıyı boyu sahili inceleyip ellerindeki fotoğraflarla karşılaştırmalar yaptılar. Şehre akşam çökmek üzereydi ve aradıkları yer burası değildi. İkisi de yorgun, ümitleri biraz kırık ve uykusuzdu. Sahilde sabahlamaya karar verdiler. Yaman hazırlıksızdı. Sahra'nın ise sırt çantasında uyku tulumu dahil her şey vardı. "Yarın şehre iner sana da alırız" dedi Sahra. Sahildeki dalgaların sesi onlara ninni gibi geldi. Sabah çok çabuk olmuştu.

Şehir onlara sunduğu kısıtlı imkanlarla araç gereç bulmalarını zorlaştırıyordu. Yine de bir uyku tulumu ve termoslu matara bulabilmişlerdi. Tekrar kaldıkları yere, sahile döndüler. Güzergahlarını Yaman belirledi. Önce Çatalağızı'na, oradan Hisarönü, Bartınburnu ve nihayet Amasra'ya kadar gideceklerdi. Daha sonra da Çarkaz'a devam edeceklerdi. Birkaç günlerini alacak olan bu yolculuğa hazırlıklıydı ikisi de. Şehirden ayrılmadan önce bankadan yüklü miktarda para çekmişti Sahra. Bu para onlara fazlasıyla yetecekti. Ama yine de endişeliydi Yaman.

- Paramızı dikkatli harcamalıyız Sahra.

- Yeterince paramız var.

- Olsun. Sen gene de dikkat et. Ben davetsiz misafirinim. Kendi masraflarımı karşılayacak hazırlığım olmadığından sana yük oluyorum.

- Ağzından bir daha böyle bir söz çıkarsa kendini Karadeniz'in derinliklerinde bulursun Yaman.

- Tamam sustum. Zaten ucuz pansiyonlarda ve gerekirse de sahillerde yatacağız. Yiyecek konusunda da sıkıntı çekmeyiz. Karadeniz cömerttir.

- İçimden bir his denizden midye çıkaracağını ve temizleyip pişireceğini söylüyor yanılıyor muyum?

- Yanılmıyorsun. İçindeki his en yakın yerden ekmek ve su alacağını da söylüyor mu?

- Tamam gittim bile.

Birkaç saat sonra iki taşın arasında yakılmış bir ateşin üzerinde cızırdayan midyeler ve onları iştahla midelerine indiren iki kişi vardı Çatalağızı sahilinde... Yemekten sonra Yaman biraz uyumak istedi.

- Yaman! Bakıyorum sana biraz tatil gibi geldi bu?

- Yok canım ne alakası var. Sadece güç toplamaya çalışıyorum. Daha çok yolumuz var.

- Pekala. Sadece bir saat anlaştık mı?

- Anlaştık.

- Sen uyurken ben biraz etrafı araştırıp, sorup soruşturacağım tamam mı?

- Tamam ama fazla uzaklaşma.

Yaman gözlerini kapatırken, Sahra çoktan uzaklaşmıştı bile. Tam bir saat sonra geri geldi. Yaman meraklı gözlerle söyleyeceklerini bekliyordu:

- Birkaç köylüyle konuştum.
- Eee?
- Bahsettiğimiz gibi bir ev görmediklerini söylüyorlar.
- Sanırım buralar sit alanı.
- Evet sit alanı olan yerleri de varmış. Biz Doğukaradeniz'e doğru devam edeceğiz Yaman.
- Bunun için buradayız.

Birkaç gün sonra Bartın'a vardılar. Sahilden Amasra'ya devam ederek, Kurucaşile'den Kastamonu sahillerine kadar ulaştılar. Her gittikleri yerden büyük bir hüsranla ayrılıyorlardı. İstanbul'dan yola çıkalı tam bir ay olmuştu ve hiçbir iz yoktu. Yine de yüzlerine yansıyan bir umutsuzluk görünmüyordu. Her sabaha gülümseyerek, yeni bir umutla uyanıyorlardı. İşte yine o sabahlardan biriydi ve yola devam etmek için son hazırlıklarını yapıyorlardı. Sahil boyu yürüyecekler ve yoruldukları yerde kamp kuracaklardı.

- Ne düşünüyorum biliyor musun Sahra?

- Ne?

- Keşke bir karavanamız olsaydı.

- Doğru. Keşke olsaydı. Ama ben bunu çok sıkıntı yapmayayım kendime. Daha çok yer ve insan görüyoruz. Hem karavanın giremeyeceği yerler de olabilir öyle değil mi?

- Haklısın ama yine de rahat olurdu bence. Neyse. Şimdi güzergahımızı anlatıyorum. Buradan Cide'ye doğru yürüyeceğiz. Elimdeki haritaya göre Cide'den sonraki durağımız; Güble. Daha sonra sırasıyla Doğanyurt, Özlüce, İnebolu, Gemiciler, Abana ve Çatalzeytin'e gideceğiz.

- Yani yaklaşık bir ay demek bu.

- Hemen hemen.

- Sonra zaten okul açılacak. Geri dönmemiz gerekiyor.

- Ben de öyle düşünmüştüm. Sinop sınırına kadar gidelim. Sonra geri döner, seneye kaldığımız yerden devam ederiz.

- Neden bu kadar iyisin? Bu benim davam ve sen hep yanımdasın. Hiçbir karşılık gözetmeden yapıyorsun bunu. Senin gibi insanlar kaldı mı?

- Abartma Sahra. İstemesem burada olmazdım.

- Ailene ne dedin?

- Bütün yazı dolaşarak geçireceğimi ve beni merak etmemeleri gerektiğini söyledim. Sen ne dedin sizinkilere?

- Boş ver.

- Peki. Üstelemeyeceğim.

- Hadi yola devam.

Umutlarını yüklenip devam ettiler. Ellerindeki fotoğraflara bakarak, gittikleri her yeri benzetmeye çalıştılar. Küçük sahil barınaklarında balıkçılarla beraber yemek yiyip, onların hikayelerini dinlediler. Ortalama üç günde bir pansiyonda banyo, tıraş vs. gibi ihtiyaçlarını karşıladılar.

Sinop sınırına geldiklerinde ellerinde yine koca bir hiç vardı. Geri dönecekleri günün bir önceki akşamında sahilde her zamanki gece sohbetlerini yapıyorlardı. Sahra yine Serkam'ı ve ona duyduğu aşkı anlatıyor, Yaman ise onu büyük bir sabırla dinleyip, ağlamaya başladığı noktada onu telkin ediyordu.

- Yarın dönüyoruz Sahra.

- Biliyorum Yaman. Umudumun azaldığını hissediyorum.

- Hayır! Azalmasın. Seneye yine bu ateş yaktığımız yere gelip, kaldığımız yerden aramaya devam edeceğiz.

- Keşke dönmeseydik.

- Zaman sorunumuz vardı biliyorsun. İki ayda ancak bu kadar. Seneye tam üç ayımız olacak unutma.

- Belki İstanbul'a döndüğümüzde ondan bir haber alırız ne dersin?

- Olasılığı yüksek bir durum. Sen yeter ki inancını kaybetme Sahra?

Geri döndüler. Ama ne bir haber ne bir gelişme... Her şey bıraktıkları gibiydi. Değişmeyen tek şey ise inançları ve umutları oldu.

Kâh kederli kâh umutlu bir yılın sonuydu. Her şeye rağmen Sahra derslerinde başarılı bir ikinci yılı geride bırakıyordu. Yaşadıkları, onu hayattan koparmamıştı. O her şeyi nasıl yaşayacağını çok iyi biliyordu. Yaman içinse o yıl biraz sıkıntılı geçti. Derslerden yana dertli bir yıl. Zor da olsa sınıfını geçmeyi başardı. Şimdi ikinci Karadeniz gezisi başlayacaktı onlar için. İkinci umut gezisi...

Yaman, büyük bir heyecanla geldi Sahra'nın yanına.

- Sahra sana bir sürprizim var.

- Hayırdır?

- Bu sene aramıza biri daha katılıyor.

- İşi magazinleştirme istersen Yaman!

- Düşündüğün gibi değil. Tanışmak ister misin?

- Sence?

- Okulun biraz ilerisinde bizi bekliyor. Hadi gidelim.

Sahra'yı elinden tutarak, sürüklercesine götürdü. Okulun biraz ötesinde duran karavanı göstererek "İşte yeni dostumuz" dedi.

Sahra gülmeye başladı.

- Sonunda yaptın yapacağını! Ne zaman aldın sen bunu?

- Almadım, yolda buldum.

- Dalga geçmeyi bırak!

- Semt pazarında vardı. Almayanı dövüyorlardı.

- Yaman!

- Tamam kızma. Aslında bunu alalı daha bir hafta oldu. Amcamın karavanıydı. Artık kullanmayacaklarmış. Ben de rica ettim ve şimdi burada.

- İyi de gideceğimiz yerler çok uzak. Sence bu sağlam bir şey mi?

- Sağlam olmaz olur mu. İçinde buzdolabı bile var.

- Ne alaka?

- Bilmem. Konforlu yani.

- Konforu değil sağlamlığı önemli.

- Sağlam sağlam sen merak etme. İçini görmek ister misin? Elbette.

Ayrı ayrı iki yatak olabilen çek-yat tarzı koltuklar, yemek masası, bir buzdolabı, bir küçük elbise dolabı ve mini bir mutfak. Üst tarafındaysa büyük bir su deposu ve duş alabilme imkanını sağlayacak bir hortum görünüyordu. Hepsi bundan ibaretti bu şirin karavanın. Sahra teşekkür eden gözlerle Yaman'a baktı. İki hafta sonra yola çıkacaklardı.

Son hazırlıklar da tamamlandıktan sonra yine yola koyuldular. Geçen yıl bıraktıkları yerden devam edeceklerdi. Yola neşeli ve umutlu çıktılar. Yaman'ın çenesi yine durmuyordu. Türlü esprilerle Sahra'yı güldürmeyi başarıyor ve onu hep mutlu etmeye çalışıyordu.

Yeni karavanlarının kendilerine sunduğu imkanlar dahilinde artık yolda giderken müzik de dinleyebiliyorlardı. Buna en çok Sahra sevinmişti. Uzun yol boyunca tüm Natalie Merchant ve Norah Jones şarkılarına eşlik etti. Uykusu geldiğinde ise arka tarafta onu bekleyen yatakta mışıl mışıl uyudu. O uyurken yola devam eden Yaman, virajlara ve çukurlara azami dikkat kesildi. Her şey Sahra'nın rahat uyuyabilmesi içindi.

Sinop'a ulaştıklarında vakit öğleye geliyordu. Yaman, karavanı bir gölgeye çekmişti. Sahra ise mutfakta bir şeyler hazırlama telaşındaydı. Yol, onları acıktırmıştı. Şu anda bulundukları yer, Sinop'un Ayancık ilçesi sahiliydi. Buradan Gerze ve ardından da Yakakent'e gitmeyi planlıyorlardı. Yaman, Sinop burnunda biraz oyalanmayı, hatta karavanda değil de o gece güzel bir pansiyonda kalmayı teklif etmişti. Rahat bir uykuyu hak etmişlerdi.

Yine o kalp ağrısıyla uyandı Sahra. Sabahın erken saatlerinde sahil boyu yürüyüşe çıktı. Denize taş fırlattı ve kumlara zihnine çakılı kalan adamın adını yazdı. Sonra kumsalın ortasında oturup, dalgaların sesini dinlemeye başladı. Üzerindeki sıkıntıyı nasıl atabileceğini düşündü. Çekik gözleriyle ufku izliyordu. Rüzgar saçlarını dalgalandırırken, garip bir uğultu alıp götürüyordu onu derinlere. Derken Yaman'ın sesi duyuldu:

- Yanlış yere bakıyorsun! O denizden gelmeyecek. Ve sanırım o da benim gibi yüzmeyi iyi bilmiyor.

- Ne zamandır beni izliyorsun?

- Zamanı değil; seni izliyordum. O yüzden saat veremeyeceğim.

- Denize baktığımı mı sanıyorsun?

- Baktığınla gördüğün farklı olabilir. Ben hiç bir şeye senin gözlerinden bakamadım. O yüzden bilemem!

- Evet, sen sadece benim gözlerime bakmasını bilirsin. Sonra da "Neyin var çekik göz?" diye sormayı...

- Yanılıyorsun Sahra. Ben hiçbir zaman gözlerine bakmadım. Benim baktığım gözlerindeki manaydı. Gözlerine baksaydım eğer... Neyse...

- Söyle! Gözlerime baksaydın?

- Gözlerine baksaydım; neyin var diye soramazdım.

- Neden?

- Çünkü ben iyi yüzme bilmiyorum. Bilseydim, denize de daha çok girerdim. Gözlerine de...

Ayağa kalktı ve ardına bakmadan uzaklaştı. Sahra arkasından boş gözlerle baktı. Biri o bakışları görseydi sorabilirdi: Gözleri mi boşluğa bakıyordu, yoksa boşluk onun gözlerinde miydi? Ne o gözler boşluğu doldurmaya yetiyordu ne de boşluklar o gözlere dolmaya. Bir şeyler ya eksikti ya da fazla? Canı sıkıldı. Tekrar denize baktı. Deniz ve gözler. İkisi de birbiriyle buluştu. İkisi de boğacaklarını bekler gibiydi...

Sahra'nın hazırladığı enfes öğle yemeğinin ardından üzerlerine çöken ağırlığı denizde yüzerek attılar. Daha gidilecek çok sahil vardı. Ellerindeki fotoğraflarla aramaya devam ettiler. Üçüncü yüzyıl filozoflarından Diyojen'in doğum yeri olan Sinop'u tam on dokuz günde bitirdiler. Ellerinde yine hiçbir şey yoktu. Şimdi istikamet Samsun'aydı...

Ataçam'dan Bafra'ya, oradan Samsun Körfezi ve Ünye'ye kadar uzandılar. Fatsa'ya geldiklerinde ise tatil neredeyse yarılanmıştı. Sahra omuzlarına çöken yılgınlıkla konuşmaya başladı:

- Bazen vazgeçmek istiyorum Yaman.

- Bu sana yakışacak bir şey değil bence.

- Evet! Vazgeçmek tarzım değil. Ama görüyorsun ki gittiğimiz her yerde umudum biraz daha kırılıyor.

- Bence vazgeçmek için erken. Artvin'e kadar daha çok yolumuz var.

- Geri dönelim Yaman. Yoruldum ben.

- Bu sene daha rahatız ama.

- Fiziksel yorgunluktan bahsetmiyorum.

- Sen nasıl istersen. İstanbul'da ne yapacaksın peki?

- İstanbul'da duracağımı sanmıyorum. Amerika'ya gideceğim. Annemi ve babamı özledim. İki yıldır görmüyorum.

- Onlar da seni çok özlemişlerdir mutlaka.

- Özlemez olurlar mı!

Ani bir kararla geri dönüş yolculuğu başladı. Sırayla kullandılar karavanı. İstanbul'a kadar fazla konuşmadan geldiler. Bir hafta sonra ise Sahra annesi ve babasının yanındaydı. Ara sıra Yaman'a telefon ederek, bir gelişme olup olmadığını soruyordu. Yaman'sa üzülerek hiçbir gelişmenin olmadığını söylüyordu. Defalarca polisle görüşmüş ama bir sonuç alamamıştı. Sanki yer yarılmış ve adam yerin dibine girmişti.

Sahra, Amerika'da ailesiyle hasret gideriyor, annesi ve babası ise onu bu işten vazgeçirmek için ikna etmeye çalışıyordu. Hiçbir çaba bunu başaramayacaktı. Sahra zor biriydi. Küçük yılgınlıkları ve yorgunlukları olsa da başladığı işi mutlaka bitirmeliydi. İstediği her şeye böyle kavuşmuştu o...

Onu hava alanında Yaman karşıladı. Kalabalıklar arasında birbirlerine koşup sıkıca sarıldılar. Özlemişlerdi.

- Seni çok daha iyi gördüm deli kız.

- Sen de iyi görünüyorsun. Bensizlik yaramış.

- Yalan değil valla. Yolları ve seni çok özledim yine de.

- Yollardan önce bitirmemiz gereken bir eğitim öğretim yılımız var.

- Ne yapacaksın bu sene? Dersler seni zorlayacak gibi görünüyor?

- Annemin ve babamın yanında güç topladım. Bu sene daha iyi olurum artık.

- Akıllı biri olman her şeyi kolaylaştırıyor.

- Bence insanın senin gibi bir dostu olması her şeyi kolaylaştırıyor.

- Teşekkür ederim. Utandırıyorsun.

- Şimdi daha da utanacaksın; çünkü sana minik bir hediyem var.

- Yapma Sahra! Hediyelerden hoşlanmam.

- Gerçi sana en güzel hediye bensizliktir ama neyse!

- Saçmalama. İnsan bir uzvu olmadan rahat yaşayabilir mi?

- Bu romantizmin kaynağı nedir anlayalım?

- Yok bir şey be! Sen benim hediyemi ver hadi.

- Önce bir yerde oturup kahve içelim.

- Tamam.

Bir cafeye gittiler ve sıcak iki kahvenin ardından Sahra ona aldığı hediyeyi verdi. Özel yapım bir hediyeydi bu. Bir balmumu kütlesinin içine Yaman'ın küçük bir bez parçasına basılı olan resmi koyulmuştu. Daha önce hiç böylesi özel bir

hediye almayan Yaman, sevincini Sahra'ya sımsıkı sarılarak gösterdi.

Okul tüm sıkıcılığı ile başlamıştı. Sahra ve Yaman okul sonraları bir araya geliyor, bazen Sahra'nın bazen de Yaman'ın öğrenci evinde vakit geçiriyorlardı. İkisi de artık dosttan öteydi. Bunalımlarında hep birbirlerini teselli etmiş ve destek olmuşlardı. Yaman'ın annesinin ölüm haberi geldiğinde yanındaki en büyük destekçisi Sahra olmuştu. Birlikte gitmişlerdi cenazeye.

Dar gelirli bir ailenin mütevazı yaşantısına şahit olmuştu Sahra bu acılı günde... Yaman, şimdi kanatları kırılmış bir kuş gibi duran babasına çok benziyordu. Daha liseye giden kız kardeşi de ölen annelerine... Zor bir yıl olacaktı Yaman için. Öyle de oldu.

Yarı yıl tatilini yalnız geçirdi Sahra. Yaman ailesinin yanına gitmiş, hatta bir hafta kadar da geç dönmüştü okula. Aksayan derslerine yardımcı oldu Sahra. Bir anne gibi ona sahip çıktı. Yıl sonunda ikisinin de not ortalaması düşmüştü. Şimdi yine yollarda, arayışlarda ve umut avcılığında olma zamanı geldi.

Karavan hazırlandı ve o bildik duyguyla çıkıldı yola. Geçen yıl kaldıkları yere gelmeleri bir buçuk gün sürdü. Fatsa, onlara kucak açmıştı. Perşembe ve Gülyalı'dan sonra Giresun sınırına yaklaştılar. Bulancak, Keşap, Espiye, Tirebolu ve Görele derken, Giresun sonuçsuz bir şekilde bitivermişti. Üçüncü yılda da umutlar yine azalmış ama tükenmemişti.

İşte bu yıl da Trabzon'da noktalanmış, umutlar bir sonraki yıla devrolmuştu. Sonra yeniden geri dönüş, okul ve bir sonraki yol serüvenine geri dönüş. Dördüncü yılda da değişen hiçbir şey olmamış, Trabzon, Rize ve Artvin'le bu yolculuk sonlanmış, umutlar bitivermişti. Dört yıl boyunca ne eldeki fotoğraflara uygun bir yer, ne de Serkam'a ait bir iz vardı elde. Benzer yerler, benzer adamlar olmuştu sadece. Ama hiç bir şey birebir aynısı değildi.

Okulun son yılıydı. Serkam hâlâ kayıp, Sahra ve Yaman ise birer mezundu. Beş koca yıl geçmişti aradan. Okulun mezuniyet gecesine gitmek yerine baş başa bir akşam yemeği yemeyi tercih eden Sahra ve Yaman, salaş bir balıkçı lokantasında geçen beş yılı değerlendiriyorlardı.

- Beş yılda ondan başka hiç kimseyi sevmedin ve onu aramaktan hiç vazgeçmedin.

- Nasıl bir aşk bu diye merak ediyorsun değil mi?

- Aslında şaşırıyorum.

- Haklısın. Ben bu zamana ait biri değilim. Ya da bu zaman bana ait değil. Sevdiğim zaman her şeyden vazgeçebilmeliyim. O zaman insan olduğumu anlıyorum.

- Senin gibi sevebilmeyi çok isterdim. Annemin ölümünden sonra "sevmek" denen şeye olan inancımı da kaybettim biliyor musun?

- O inanç gelir bir gün seni buluverir Yaman! Sen istediğin kadar uzaklaş ondan.

- Şimdi ne yapacaksın?

- En baştan başlayacağım.

- Amerika'ya dönüyorsun yani?

- Hayır en baştan Karadeniz'i taramaya başlayacağım.

- Şaka ediyorsun?

- Şaka tabii ki. Aslında ne yapacağıma tam olarak karar verebilmiş değilim. Bir adam sevdim ve o esrarengiz bir şekilde ortadan kayboldu. Bu, her gün yaşadığım bir şey değil.

- Haklısın. Karar vermek zor senin için. Bir hayaletin peşinden koşmak oldu seninki artık.

- Ben o hayaleti hâlâ çok seviyorum Yaman.

- Bunu en iyi ben bilirim Sahra.

Bu konuşmadan bir hafta sonra Sahra evine Yaman memleketine gitti. İlk haftalarda sık sık telefonla görüştüler. Sonraları arama sıklığı azaldı. Hayat yeni zorluklarla karşılarındaydı besbelli. Yaman kısa dönem askerliğini bitirmiş ve bir iş kurmak üzere İstanbul'da hazırlıklarına başlamıştı. Bunu büyük bir sevinçle haber vermişti Sahra'ya... Sahra ise açılışa gelebilmeyi çok istediğini ama bunun şimdilik imansız olduğunu söylemiş ve açılış günü en büyük çiçeği yollamıştı.

Hayat artık ikisini de ayrı ülkelerde bambaşka rüzgarlara katıp karıştırmıştı. Yaman işlerini büyütmüş, iyi para kazanmaya başlamıştı. Sahra ise bir sanat okulunda yüksek yapıyor ve Amerika'nın sayılı heykeltıraşları arasına girmeyi başarıyordu. Ayrı dünyaların ayrı insanları olmuşlardı artık. Çok nadir telefonlaşıyor, eski günleri anarak gülümsüyorlardı. Her şey normal seyrindeydi. Ta ki bir sabah Yaman'ın telefonu acı acı çalana dek.

- Alo?

- Merhaba Yaman. Sahra ben.

- Canım benim nasılsın?

- Çok heyecanlıyım. Sana anlatacaklarım var.

- Ne oldu merak ettim.

- Yüz yüze görüşmeliyiz.

- O nasıl olacak?

- Sen Yeşilköy'e geleceksin. Sahilde buluşacağız.

- Nasıl yani sen Türkiye'de misin?

- Evet! Acil geldim. Sana ulaşmam gerekiyordu. Hemen buraya gelmelisin.

- Tamam hemen geliyorum.

Sarıldılar. Yaşanan onca şeyin birikimi ve merak edilenler vardı aralarında. Sımsıkı sarıldılar. Sonra bir süre hiç konuşmadan birbirlerinin yüzüne baktılar. Biraz havadan sudan ve birbirlerini görmedikleri zaman içinde yaşadıklarından bahsettiler. Yaman sordu merakla:

- Ee, neymiş şu anlatacağın şey merak ettim?

- Bundan birkaç gün önce, sabaha karşı telefonum çaldı.

- Sakın bana Serkam aradı deme?

- O mu değil mi bilmiyorum. Aradan çok uzun zaman geçti. Arayan kişi bana tek bir şey söyledi.

- Ne dedi?

- "Beni bul" dedi ve kapattı. Sesi Serkam'a çok benziyordu. Ben de kalkıp buraya geldim.

- İyi ama bu seni bir sonuca götürmez ki?

- Amerika'ya dönünce çok düşündüm. Gördüğüm her yeri hafızamda incelemeye aldım. Dikkat edersen biz Sinop ve sonrasında karavanlaydık.

- Nereye varmak istediğini merak ediyorum.

- Sabret. Sinop ve sonrasını çok hızlı taradık. Yani kaçırdığımız bir şey varsa, Sinop'tan başladı bu.

- Evet.

- Elimdeki fotoğraflarla, hafızamdaki yerleri tekrar tekrar karşılaştırdım. Biz bir yerde hata yapmışız.

- Nerede?

- Sahillere hep sahilden bakmışız. Oysa ki fotoğrafın çekildiği açılardan incelememiz gerekiyordu.

- Haklısın.

- Zor bir şey ama hafızam beni yanıltmıyorsa eğer Sinop'a gitmeliyim. Sanırım aradığımız yer orası. Çok yakınından geçtiğimize inanıyorum.

- Yani yine mi başlıyoruz?

- Ben başlıyorum. Senin benimle gelmek gibi bir zorunluluğun yok. Sadece paylaşmak istedim.

- Seni yalnız bırakmam. Finali kaçıramam yani. Yalnız bir sorun var. Karavan artık emekliye ayrıldı.

- Olsun. Otobüsle gideriz.

- Bana birkaç gün izin ver. Kız kardeşimi çağırayım. İşin başında dursun.

- Tekrar söylüyorum Yaman! Benimle gelmen için söylemedim.

- Biliyorum. Bunu ben istiyorum.

- Peki o halde. Senden telefon bekleyeceğim. Hilton'da kalıyorum. Ararsın beni.

- Anlaştık.

Üç gün sonra Sinop otobüsündeydiler. Yol boyunca konuştular. Birbirlerine anlatacak o kadar çok şeyleri vardı ki... Yolculukları bittiğinde bile hâlâ konuşuyorlardı. Sahile indiler ve Sahra sanki onu nerde bulacağını biliyormuş gibi yürümeye devam etti. Yaman bir an için onun içgüdüleriyle hareket ettiğini düşündü. Sahra önde, Yaman arkada yürüdüler. Saatler süren bu yürüyüş sonrasında Sahra'nın çığlığı ile durdular. Yaman kafasını kaldırıp ileriye doğru

baktığında, mavi evi gördü. Sahra gözyaşlarını tutamamıştı. Titreyerek ağlamaya başladı. Bir gün bulacağını mutlaka biliyordu. İnanmıştı ve kazandı. Tıpkı Yaman'ın istediği gibi "inancını kaybetmemişti."

Yüksek bir çitle çevrelenmiş evin etrafında dolaştılar. Çit kapısı kilitliydi ve evde hiçbir yaşam belirtisi yoktu. Yakınlardan geçmekte olan bir köylüye sordular. Köylü "Garip bir adam yaşıyor. Ressam mıymış neymiş, Serkan mı Serkam mı ne diyorlar" deyince, ikisi de artık emin bir şekilde gülümsedi. Yaman Sahra'nın elini tuttu:

- Benim bu hikayedeki yerim bu kadardı Sahra.

- Ne demek şimdi bu?

- Gidiyorum. Buradan sonrası sana ve Serkam'a ait. Sen hayaletine kavuştun artık.

- Gitme!

- Gitmeliyim. Hadi film devam ediyor. Koş ona.

Buruk bir vedaydı. Başı önde, ayaklarını sürüye sürüye uzaklaştı oradan. Rüzgar esiyordu. Sahra arkasından baktı uzun uzun. Gözden kayboldu Yaman. Ve Sahra onun giderken ağladığını hiç bilmedi.

Çitin üstünden atlayarak bahçeye girdi. Evin mavi duvarları ve kocaman camlan vardı. Kapıyı denedi. Kapalıydı. Zil yoktu. Evin arka tarafına geçti ve beklemeye başladı. Elbet evine gelekti bu adam. Evin etrafından ayrılmayan bir kelebek vardı. O kelebeği izledi Sahra. Mavi bir kelebekti bu. Gelip Sahra'nın omzuna kondu. Sahra adını koyamadığı bir

duyguyla baktı kelebeğe. Bu kelebek bir şeyin habercisiydi ama iyi şeylerin mi yoksa bir felaketin miydi bilmiyordu. Sinop'ta akşam oluyordu.

Birazdan sevdiği, yarım kaldığı, aradığı adam o çitin arkasından gelecekti. Tuhaf bir duygu kapladı içini. Yüzünde bir gülümseme ve bir burukluk aynı anda konaklıyordu. İşte beklenen an geldi. Saçı ve sakalları birbirine karışmış bir Serkam eve doğru geliyordu. Elinde kasabadan aldığı birkaç erzak ve el feneri, çitin kapısını anahtarıyla açarak bahçeyi adımlamaya başladı. Tam evin kapısına gelmişti ki bir sesle irkildi. Kafasını çevirdi ve karşısında nefesi ciğerlerine yetmeyen Sahra'yı gördü. "Beni bulacağını biliyordum" dedi. Sahra, hırsla göğsüne vurmaya başladı Serkam'ın. "Neden" diye bağırarak ve hıçkırıklarla ağlayarak vurmaya devam etti. Sesi akşam rüzgarlarında yitip gitti ve Serkam'dan ona hiçbir yanıt gelmedi. İçeri geçtiler. Serkam ışığı yaktı. Duvarda tablolar, özensiz yerleştirilmiş birkaç parça eşya ve kesif bir koku ilk fark edilenlerdi.

Yüzüne baktı Serkam'ın yaşlanmış ve yıpranmıştı. Çizgileri çoğalmış, saçlarına kırlar düşmüştü. Anlayamadığı bir bakış yerleşmişti gözlerine. Sarıldı. Dakikalarca öyle ayakta kaldı. En sonunda yere yığıldı. Bu yorgunluğa bedeni daha fazla dayanamamıştı.

Sabah uyandığında evde kimse yoktu. Pencereden denize doğru baktı. İlerde bir sandal vardı. Sandalın içinde ise tanıdık bir yüz. Serkam balık tutuyordu. Evden dışarı çıktı. Kumsala indi. Serkam geri geliyordu. Hızlı hızlı çekiyordu kürekleri. Sahra hâlâ şaşkındı. Elindeki balıkları aldı.

- Bunlar akşam için.

- Neden Serkam?

- Beni ne kadar sevdiğini ve benim için nelerden vazgeçebileceğini anlamak için.

- Bunun için ortadan kaybolmana gerek yoktu.

- Ben böyle anlayabiliyorum.

Sustular. Birlikte kahvaltı ettiler. Kahvaltıda hiç konuşmadılar. Kasabaya inmeleri gerektiğini söyledi Serkam. İtirazsız kabul etti. İndiler. Her şey tasarlanmış gibiydi sanki. Evlilik için yapılması gereken her şey... Sahra'nın şaşkın bir "evet"iyle evlendiler. Büyük bir şaşkınlık vardı Sahra'da. "Her şey konuştuğumuz gibi olacak" dedi Serkam. "Bu mavi ev ve biz. Her şeyi bizim için yapıyorum."

Sanki hayat yeniden başlıyordu. Her şeyi yeniden keşfediyordu Sahra. Evliliklerinin onuncu günüydü. Serkam artık daha çok konuşuyordu. Geçen yılları nasıl değerlendirdiğini, nasıl saklandığını anlatıyordu. Sahra büyük bir şaşkınlıkla dinliyor, inanmak için kendini zorluyordu.

Serkam artık resim yapmıyordu. Konuşmaya başlamıştı çünkü. Duyguları dilinin dolambacında çözülüyordu.

Bir gün o içinde mavi ev sözleri geçen şarkıyı söylemesini istedi Sahra. Serkam artık şarkı söylemediğini ve gitar çalmadığını anlattı uzun uzun. O şarkıyı mırıldanmadı bile.

Haftalar haftaları, aylar ayları kovaladı. Sahra tam sekiz aylık hamileydi. Doğacak "Barış" için gün sayıyordu. Bu arada Serkam'a üç orta boy heykel yaptı Sahra. Tıpatıp Serkam olan üç heykel.

Zor geçiyordu hamileliği. Aylardır geceleri tuhaf sesler duyuyordu. Bir inleme, bir ağlama, bir yalvarış gibi geliyordu ona bu sesler. Sanki çok uzaklardan, ormanın derinliklerinden biri onu çağırıyor, gel kurtar beni diyordu. Bir gece kulak verdi bu çağrıya. Yatağından güçlükle kalkarak ormana yöneldi.

Tehlikeli bir şekilde ormanda yürümeye başladı. Ses kendisinden uzaklaşmıştı. Orman karanlığında kaybolmuştu Sahra. Ağlamaya başladı. Sonunda Serkam geldi ve onu kucaklayarak eve götürdü. O günden sonra da kesilmedi sesler. Her gece beynini yiyip durdu.

Bazen ortadan kayboluyordu Serkam. Saatlerce gelmiyordu. Öyle zamanlarda çok korkuyordu Sahra. Sonra birden ormanın derinliklerinden çıkageliyordu.

Kasabaya inip yiyecek almaya gittiği zamanlarda da çok yalnız kalırdı Sahra. Onu beklerken canı çok sıkılırdı. Yine öyle bir günde biraz evi temizlemeye yeltendi. Hamileliğinin son ayları buna engel olmamalıydı ona göre. Ama yine de öyle büyük işlere kalkışamayacaktı. Sadece toz almak düşüncesiyle harekete geçti. Serkam kasabadan dönene kadar işini bitirecek ve ona sürpriz yapacaktı.

İşine gömülmüşken birden bir şey fark etti. Yerdeki parkelerden biri oynuyordu. Tamir edilmesi gerektiğini düşündü. Halıyı kaldırdı, yavaşça diz çökerek parkeye uzandı. Bir anda elinde kaldı parke. Çok şaşırmıştı.

Parkenin altında bir tutamak vardı. Güçlükle kaldırmaya çalıştı. Kapak açıldığında aşağıya doğru inen bir mahzenle

karşılaştı. O mahzene inişinin hayatını değiştireceğini bilmiyordu. Evin altında böyle bir yer olduğundan hiç bahsetmemişti Serkam. Tahta merdivenden tutunarak aşağı indi. Karanlıkta fark edebildiği ilk şey, yarım kalmış tablolardı. Şimdi saatlerce ortadan kaybolma nedenini anlıyordu Serkam'ın. Demek burada gizli gizli resim yapıyordu. Ama bu resimler için ona ışık gerekirdi. Buralarda bir yerlerde lamba olmalı diye düşündü ve buldu. Işığı yakar yakmaz karşısında gördüğü şeyle dehşete düştü. Koltuğa bağlanmış, göz altladı morarmış pislik içinde bir adam ona bakıyordu. Ve bu adam Serkam'dı...

Dehşet içinde kaçmaya çalıştı. Ayağı bir şeye takılıp düştü. Adam inlemeye başladı. Evet işte geceleri duyduğu ses buydu. Hep ormandan geldiğini düşündüğü ses. Korkusunu yenip, adama yaklaştı. Gözlerine hâlâ inanamıyordu. Bu Serkam'dı. Nasıl olabilirdi böyle bir şey!

Yalvaran gözlerle Sahra'ya bakan bu adam konuşamıyordu. Ağzını açtı ve kesik dilini gösterdi. Toparlanmaya çalışan Sahra aklını kaçırmak üzereydi. Adamın ellerini çözdü. Adam ondan el işaretleriyle kağıt kalem getirmesini istedi. Etrafına bakınıp kağıt kalem aranırken birden sarı beysbol şapkasını gördü. İşte şimdi kafasında şimşekler çakmaya başlamıştı.

Yukarı çıktı bir bardak su içti kağıt kalem aldı ve yeniden ağır hareketlerle aşağıya indi. Adam yazmaya başladı.

"*Ben Serkam*" Sahra bir anda hıçkırıklara boğuldu. Adam yazmaya devam etti.

"Yukarıdaki adam benim ikiz kardeşim Serkan. Hep bana düşman olarak yaşadı. Okulumun önünden ayrılmaz ve hep uzaktan beni izlerdi. Seni okulun önünde ilk o görmüş ve sana aşık olmuş. Sen bana aşık olunca da çıldırmış. Senin geleceğin gün beni o kaçırdı ve buraya getirdi. Sesim çıkmasın diye dilimi kesti. Hayatı hep beni kıskanarak geçti. Aynı karında büyümenin, karındaş olmanın hayatta da eşit şartlar getireceğini düşündü hep. Ama başarılı olan kişi ben oldukça, Serkan hırslandı. O hırs kendisini adeta bir psikopata dönüştürdü. Şimdi hazırladığı planın bir parçası olduk ikimizde. Karnında benim değil o psikopatın çocuğunu taşıyorsun."

Bunları okudukça dehşete düştü karnını bıçaklamak istedi. Eli masanın üzerinde duran makasa gitti. Serkam tuttu ve "hayır" anlamında kafasını salladı. Yazmaya devam etti.

"Karnındaki çocuğun hiçbir günahı yok. Konuşmalarınızı, geceleri yatağınızdan gelen sesleri ağlayarak dinledim. Bu mahzende bana resimler yaptırdı zorla. Onlar şimdi yukarıdaki duvarları süslüyor."

Kopuk kopuktu yazdıkları. Her şeyi yazmak istiyordu ve bunu başaramıyordu sanki. Sahra, Serkam'ı koltuğundan kaldırdı. Yukarı çıkarmak için koluna girdi. Zor yürüyordu. Bir deri bir kemik kalmıştı. Yaşaması bile bir mucizeydi.

Tam yukarı çıkacakları tahta merdivenin başına gelmişlerdi ki aşağıya Serkan inmeye başladı. Sahra, "Seni alçak!" diye bağırarak üzerine atıldı. Bir hamlede ikisini de yere serdi Serkan. Eline geçirdiği bir kürekle kardeşine

vurmaya başladı. Sahra ayağa kalktı ve tekrar üstüne atladı. Hamileydi ve çok fazla mücadele edemezdi. Serkan, Sahra'yı altına aldı ve yumruklamaya başladı. Bu arada Serkam arkadan geldi ve eline geçirdiği eski bir radyoyla kafasına sert bir şekilde vurdu Serkan'ın.

Serkan bayılmıştı. İkisi de nefes nefese kalmış, birbirlerine sarılıyorlardı. Daha sonra onu bağlamak için ip almak üzere Sahra yukarı çıktı. Ardından Serkam'ı da çağırdı. Tahta merdivenlerden yukarı doğru çıkan Serkam'ı bir el aniden aşağı doğru çekti. Bayıldığını sandıkları Serkan'ın eliydi bu. Serkam büyük bir acıyla belinin üzerine düşmüştü ve hareket edemiyordu. Serkan sürünerek yerde yatan kardeşine yaklaştı ve eline geçirdiği küreği boğazına yaslayarak yüklendi. Tam o sırada bir çığlık duyuldu. Serkan arkasına döndüğünde yukardan Sahra'nın kendi heykelini ona fırlattığını gördü. Alnının tam ortasına geldi heykel. Ve yığılıp kaldı kardeşinin yanına.

Polisler eve geldiğinde karşılaştıkları manzara karşısında ürperdiler. Bir ikiz kardeş, diğerine tüm bunları nasıl yapabilirdi...

Geride karnında sevdiği adamın kardeşinin çocuğunu taşıyan hamile bir kadın ve belden aşağısı felç olmuş dili kesik bir adam kalmıştı. Üçünü de ambulanslarla hastaneye kaldırdılar. Serkan, taburcu edildikten sonra cezaevine gönderildi. Sahra ise gününden çok daha önce doğurdu çocuğunu. Sağlıklı bir Barış bebek vardı koynunda. Gülücükler atan sevimli bir bebek. Uzun süre üçü de aynı hastanede kaldılar. Sahra'nın annesi ve babası hastane odasında yanındaydılar. Yan taraftaki yatakta Serkam vardı. Sessizlik içinde donuk bakışlarıyla bir bitki gibiydi adeta. Konuşamıyor ve yürüyemiyordu. Odada yalnızca Yaman yoktu. "Bu hikâyedeki yerim bu kadardı" dediği günden beri yoktu o. Ama yine de Sahra'nın gözleri onu aradı.

İlk önce Sahra ve Barış bebek taburcu oldu. Annesinin ve babasının tüm ısrarlarına rağmen, Amerika'ya dönmedi Sahra. Burada kalacak ve sevdiği adama mavi evde bakacaktı. Çok geçmeden mavi eve getirdiler Serkam'ı. O, artık bir cihaza bağlı olarak yaşıyordu.

Sahra ona aylarca baktı. Altını temizledi, yemeğini yedirdi. Yatmaktan dolayı vücudunda açılan iltihaplı yaraları iyileştirdi. Onu sabunladı, pudraladı. İki bebeği vardı evde.

Serkam adeta vazgeçmiş gözlerle bakıyordu etrafa. Gelip gidip gözü kendisini hayata bağlayan makinede takılıp

kalıyordu. Birkaç defa kağıda "beni seviyorsan çek fişi" diye yazdı. Sahra yapmadı bunu. Yapamadı. Belki de bu en büyük kurtuluşu olacaktı Serkam'ın... Diğer türlü yavaş yavaş ölüyordu çünkü. Yaşarken de ölüydü biraz. Bu acı dayanılacak gibi değildi. Barış bebek hayata daha da bağlanırken, birileri kopuşu yaşıyordu adeta. Geceler hep Serkam'ın başucunda geçiyordu Sahra için. Biraz nefesi sıklaşsa, heyecanlanıyor, eli ayağına dolaşıyordu.

Bir gece bakışlarıyla "Bedenim yok. Hayatım yok. Ruhumu özgür bırak. Bu bir hayata mal olsa da..." der gibi baktı Sahra'ya. Sahra anlamıştı. "Bir özgürlüğe mâl olmuş hayat, hayat değildir; bir hayata mâl olmuş özgürlük de özgürlük değildir." diye mırıldandı sadece. Ama bakışları kendini hayata bağlayan makineden ayrılmıyordu Serkam'ın. Sonunda o zor kararı verdi ve ağlaya ağlaya makinenin fişini çekti Sahra. Ölürken gülümsüyordu Serkam. Yüzündeki huzur, yaşarken bile böylesi yansımamıştı.

Hıçkırıklar içinde zayıflıktan kuş gibi hafiflemiş bedenini kucakladı ve mavi evin arka bahçesine götürdü onu. Alnına bir son öpücük bırakarak. Mezarını kazmaya başladı. Yavaşça indirdi onu ebedi istirahatgahına.

Eve döndü bir avuç hap ve bir bardak su aldı eline; tam içecekken içerden Barış'ın sesi geldi. Birilerinin ona süt vermesi gerektiğini hatırladı Sahra. Elindeki hapları fırlatarak yavrusuna sarıldı.

Eylül rüzgarları sahili döverken, denizde dev dalgalar oluşturuyordu. Saçları erken beyazlamıştı Sahra'nın. Verandada oturmuş gazeteleri okurken, kumsalda oynayan Barış'a takıldı gözleri. Kara kaşlı kara gözlü bir çocuk olmuştu. Artık okul çağına gelmişti Barış.

"Anne bak deniz yıldızı buldum" diye bağırdı uzaktan. Annesi gülümsedi oğluna. Ve tekrar elindeki gazetelere döndü. O günlerde gazeteler "Rahşan affı"ndan bahsediyordu. Devlet tüm adi suçluları affetmişti. Ortalık suçludan geçilmiyordu. Serkan'da o suçlulardan biriydi. Bu aklına geldikçe çıldıracak gibi oluyordu Sahra.

Birden sahilde Barışın çığlıklarını duydu. Hemen yerinden fırlayarak koşmaya başladı. Serkan, Barışı kucaklamış, denize doğru koşuyordu.

Azgın dalgaların arasında kayboldular. Sahra da hiç düşünmeden kendini dalgaların arasına attı. Dakikalarca mücadele etti. Sonunda dalgalar yorgun bedenini kıyıya vurdu.

Artık bir iniltiye dönüşen ağlaması, belli belirsiz duyuluyordu. Sürüne sürüne kapının eşiğine kadar geldi. Güçlükle ayağa kalktı. Birkaç adım sonra pencerenin önüne yığıldı. Uzun saçlarından hâlâ sular damlıyordu. Gözlerini ufka dikti. Bakışlarında hiçbir anlam yoktu. Sağ elini saçlarına götürdü ve küçük bir tutamı kopardı. Sonra bir tutam, bir tutam daha... Gözleri ufka çakılı kalmıştı. Saçlarını yolmaya devam ederken, o şarkıyı mırıldanmaya başladı.

Mavi ev

Birden sesi kesildi ve dalgaların uğultulu sesi şarkının yerini aldı. Son nefesinde saç dipleri kanıyordu ...

Yönetmen dostları, Serkam ve Serkan kardeşlerin birlikte yazdığı bu hikayeyi sehpanın üzerine koyarak, "İşte iyi bir film için aradığım güçlü bir öykü" dedi. Havada uçuşan "vaavv" sesleriyle birlikte birbirlerine sarıldı iki kardeş. Sonunda yazdıkları "mavi ev" hikayesi film olacaktı.

Babasının ve amcasının neye sevindiğine bir türlü anlam veremeyen Barış, annesinin ona yaptığı minik heykellerle oynamaya devam etti. İçeriden Sahra'nın sesi geliyordu.

"Hadi bakalım aç kurtlar, yemek hazır."

Sahildeki mavi evde müthiş bir neşe ve kutlama vardı. Çatıdaysa mavi bir kelebek...